KB042607

FIRST TOUCH

FIRST TOUCH 6
초판 1쇄 인쇄일 2015년 7월 21일 | **초판 1쇄 발행일** 2015년 7월 23일

지은이 필로스 | **펴낸이** 곽중열 | **담당편집 팀장** 이범수
편집부 신연제 이윤아 김호성 김은경

펴낸곳 (주) 조은세상 | 출판등록 제 2002-23호
주소 경기도 연천군 미산면 청정로 1355
TEL 편집부 02)587-2966 | FAX 02)587-2922
e-mail bukdu@comics21c.co.kr

ISBN 979-11-5832-188-8 | ISBN 979-11-5832-037-9(set) | 값 8,000원

NEO SPORTS FANTASY STORY

FIRST TOUCH 6

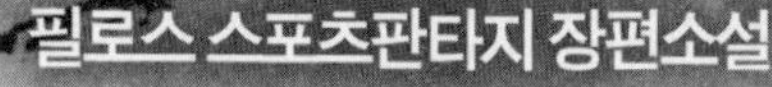

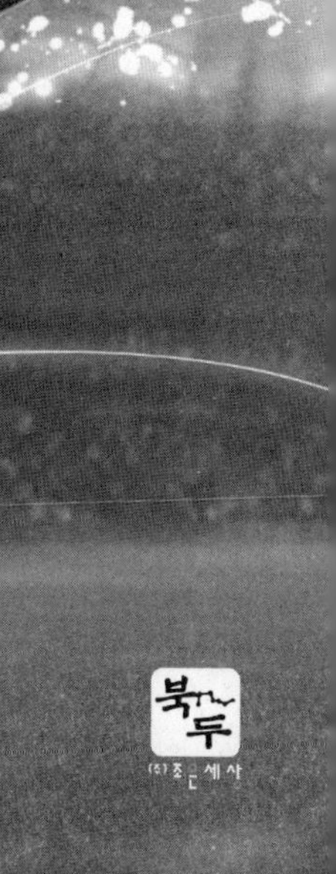

CONTENTS

NEO SPORTS FATASY STORY

FIRST TOUCH

Chapter 53

NEO SPORTS FATASY STORY

반디의 얼굴에서 미소가 사라졌다.

심판의 휘슬이 들리고 나서 생겨난 현상이다.

아마 산티아고 베르나베우에 있는 거의 모든 사람은 오늘 이렇게 생각하고 왔을 것이다.

– 약팀인 카스티야가 얼마나 분전할까? 그래도 레알 마드리드 A팀이 이기겠지…

A팀보다 약팀인 것… 반디는 그것까지는 인정한다.

하지만 말을 바꿔서 생각했다.

A팀보다 약팀이 아니라, 점점 완성되어 가고 있는 팀이다.

그는 그렇게 생각했다.

그리고 그 완성의 끝은 바로…

“오늘입니다.”

라고 대신 파본이 대답하는 것 같았다.

이틀 밤을 새웠다. 스테파노와 함께.

그러나 피곤한 기색은 전혀 없어 보였다.

반드시 이기고 싶은 생각에 투지만 가득했다.

스테파노와 파본의 차이점은 바로 여기에 있었다.

어쩌면 그래서 파본이 반디를 좋아하는 것일지도 몰랐다.

누구라도 오늘 이기지 못한다고 생각한 상대, 레알 마드리드 A팀.

그것을 확인이라도 시켜주듯이 스테파노의 입이 열렸다.

“무적함대라더군. 올 시즌에는… 하필이면 가장 강할 때 만나서….”

그 말은 사실이다. 올 시즌 레알 마드리드는 무적이었다.

프리메라리가에서 뿐만이 아니었다. 스페인이 아닌 유럽에서도 레알 마드리드는 극강의 모습을 보여주었다.

그것이 선수들에게도 영향을 끼치는 것 같았다.

다소 위축된 모습이 보였다.

카스티야에서 제 플레이를 하는 사람은 거의 아무도 없었다.

반디가 아무리 전방에서 뛰어도 공급이 되지 않으면 무용지물. 거기다가 중앙에 진입해서 동료들의 플레이를 바라보니 가관이었다.

허술한 중앙 미드필더는 상대 공격을 그대로 흘려주었으며, 중심을 잡아야 할 안토니오마저 이리저리 쓸려 다니고 있었다.

금세 카스티야의 위험지역까지 짓쳐 들어가는 A팀의 공격조합.

그리고 누군가의 외침이 터져 나왔다.

"막아!"

골키퍼였다. 누구한테 막으라고 하는 것일까?

그냥 당황해서 나온 말일 것이다.

문제는 그 말을 들었을 때에는 아무것도 할 수 없을 정도로 너무 늦어버렸다는 것.

무인지경에서 칸제마에게 공을 주는 일이 얼마나 무서운 일인지 이제야 체감할 수 있었으니.

출렁!

시작하자마자 첫 골이 터졌다.

바로 레알 마드리드 A팀의 선제골이다.

"와아아아아!"

관중들의 함성이 울렸다.

오늘 그들은 간단한 응원 공식을 세웠다.

이기는 팀, 우리 편이라는.

사실 그들에게는 져도 우리 편이다. 그리고 마음속으로는 여기까지 올라온 카스티야에게 대견함을 느낄 뿐이었다.

그래서 패배하더라도 실망해서 이 경기장을 나갈 사람들은 없을 것 같았다.

그런데 반디는 아닌가 보다.

약간 멍하게 서 있는 안토니오에게 이렇게 말을 했으니까.

"저는 실망하며 이 경기장을 나가고 싶지 않습니다!"

"……."

"지고 싶지도 않지만, 지더라도 이렇게 지는 것은 정말 실망스럽습니다. 하하하."

진지한 말을 잘도 웃으면서 했다.

안토니오에게 이렇게 말하는 반디의 얼굴에 나온 미소로.

그리고 그 말을 들은 것은 안토니오만이 아니었다.

왠지 모르게 중앙으로 공을 들고 가기 싫었는지, 수비 진영에서 우두커니 있는 카스티야 대부분 선수의 마음에 그 말이 들어왔다.

일단 반디는 중앙선에 공을 올려놓고 뒤를 돌아보았다.

변화된 모습을 기대하면서.

그러나 아직은 알 수 없었다.

어쩌면 자신의 말이 통해도, 몸이 안 움직여서 경기의 내용은 비슷해질 수도 있었다.

사실 말 한마디로 쉽게 변할 수만 있다면…

천만 마디라도 해서 경기의 흐름을 바꾸어 놓을 수 있었을 것이다.

거기다가 경기의 흐름을 상대에게 주지 않기 위해서 목청껏 외치는 A팀의 감독이 있다면…

"얕보지 마라! 절대로!"

경기가 다시 시작되자마자 선수들에게 주의환기를 시키는 A팀의 감독은 과연 노련했다.

그 말을 들어서일까?

이제 레알 마드리드 A팀 선수들은 신중한 경기를 펼쳤다.

물론 스테파노도 소리치고 있었다.

"늦지 않았어! 경기 초반이야! 이제부터 시작이라고 생각해라!"

그러나 지고 있는 팀에서 하는 방법은 공격인데, 갑자기 들어오는 레알 마드리드의 전방 압박에 다시 카스티야의 선수들이 당황하고 말았다.

방심하지 않는다.

말은 쉽지만 그렇게 마음먹기가 얼마나 힘든지 스테파노는 잘 알고 있었다.

그래서 지금도 선수들에게 외치지만, 공을 다시 빼앗기는 모습에 그만 목소리가 나오지 않았다.

다시 위기를 맞이했다.

이러다가는 대량 실점한다.

이번에는 씨날두다. 그가 선수들을 허수아비로 만들면서 왼쪽 측면부터 오른쪽 측면까지 헤집고 다녔다.

그때,

촤아아악!

태클이 들어왔다.

그나마 아까보다 다른 모습이었다.

쉽게 기회를 주지 않는 양 세바스티안의 전투적인 모습이 씨날두의 발을 꺾었다.

"삐이이익!"

발목을 아픈 듯이 잡고 있는 씨날두.

그리고 그 앞에서는 심판이 노란 카드를 들고 있었다.

안토니오가 재빨리 다가오며 주장의 자격으로 항의하기

시작했다.

“경고까지는 아닙니다. 반칙은 인정하지만요.”

심판은 그 말에 고개를 저었다.

“아니, 위험한 태클이었어. 발바닥이 들렸거든. 저 봐, 선수가 발목을 만지고 있잖아.”

“저건….”

‘연기입니다.’ 라고 말하고 싶었다.

하지만 언제라도 만날 팀의 선배였다.

늘 그렇지만, 카스티야의 선수들은 승급을 꿈꾸고 있었다.

그들이 뛰는 팀은 레알 마드리드여야 하며, 동경하던 선수들과 함께 뛰는 모습을 항상 상상했다.

그 동경의 대상들과 싸우는데, 그 앞에서 상대를 비난할 수 있을까?

“딱 봐도 연기입니다. 모르시겠어요? 하하하.”

있었다. 어느새 다가온 반디. 그는 기분 나쁘게 말하지 않는 방법을 알고 있었다.

그래도 심판이 그 말을 듣고 뭐라고 할 찰나에, 그는 씨날두에게 다가가 손을 내밀었다.

“오늘 많이 배우겠습니다.”

○

씨날두는 미소를 머금었다.

정확히는 속으로 웃었다.

아무리 그래도 심판의 눈을 속이는 게 그의 임무였다.

손을 내민다고 바로 잡아서 일어나는 것은 당연히 그가 취할 행동은 아니었으니까.

다만 분위기를 전환하는 기술이 뛰어난 반디에게 감탄하고 있었다.

다음 시즌에 반디가 온다는 이야기가 팀 내에서 감돌았다.

기대된다. 바로 프리메라리가에서 최고의 모습을 보이기는 쉽지 않겠지만, 아마도 몇 년 내에 에이스가 될지도 몰랐다.

수많은 선수가 레알 마드리드를 경험하고 떠났다.

그들을 두 눈으로 목격한 씨날두는 선수들을 이렇게 판단했다.

- 축구를 제일 잘한다고, 최고의 선수가 되는 것은 아니다.

그렇다. 씨날두가 생각하는 최고의 선수는 상대의 심리를 잘 이용하는 사람이었다.

지금 반디가 자신에게 손을 내밀며, 많이 배우겠다고 한 것은 자극하는 행위였다.

그래서 성공하면, 씨날두의 멘탈에 영향을 줄 수 있다.

아직 에이스였다. 이 파란만장한 팀의 레전드는.

만약 그가 멘탈에 영향을 받는다면, 팀의 성적이 바뀐다.

안타깝게도 올 시즌 씨날두의 멘탈은 무너진 적도, 흔들린 적도 없었다.

바로 지금도…

출렁!

깨끗한 오른발 무회전 킥으로 점수를 2-0으로 벌렸다.

상대의 반칙을 얻어서 프리킥으로 꽂아 넣는 것.

나이는 거꾸로 먹는다는 것을 증명하며, 그는 이제야 미소를 지었다.

웃음을 날려 보낸 대상은 반디.

이번에는 그가 반디를 도발했다.

따라올 테면, 따라와 봐라.

씨날두의 눈빛은 그렇게 말했고, 그것을 본 반디는 웃었다.

마치 그 미소는 이제는 우리 차례라고 말하는 것 같았다.

과연 그렇게 될까? 여전히 A팀의 감독은 방심하지 말라고 외치고 있었고, 그 말대로 상대는 카스티야를 얕보지 않았다.

그나마 카스티야가 오늘 승리할 수 있는 유일한 틈새는 A팀의 '방심' 인데 말이다.

척.

다시 중앙에 공을 올려놓는 반디.

이제는 뒤돌아보지 않았다.

그가 봐야 할 곳은 전방이었다.

형만 한 아우 없다고 하지만, 형을 뛰어넘으려는 시도는 절대 멈추지 않았다.

멈추지 않는 도전. 사실 그게 반디가 지금까지 걸어온 길이었다.

그 길이 길고 험난할지라도, 멈추면 그 자리가 바로 그가 걸어왔던 길의 끝이다.

그 마침표를 오늘로 할 수는 없었다.

그 누구보다도 밝은 미소를 지녀서 부드러워 보이지만, 그 누구보다도 강인한 정신력을 가지고 있는 반디였다.

그래서 반디의 이런 모습을 본 민선은 늘 그가 떠올랐다.

반디의 아버지. 그 강인한 모습이 반디의 모습과 겹쳐졌다.

만약 그가 살아 있었다면, 반디는 지금보다 더 성장했을 것이 분명했다.

물론 결과론이고, 오히려 반대일 수도 있었다.

확실한 게 하나 있었는데, 그것은 바로 반디는 절대 넘어지지 않는다는 것이었다.

바로 지금 그 모습을 보여주었다.

마리오에게 패스, 그리고 다시 리턴 패스를 받아서 그대로 밀고 올라갔다.

씨날두의 드리블과 메시의 그것이 합쳐진 모습으로 막는 이들의 허를 찌르면서.

그리고 최전방, 페널티 에어리어 바로 바깥에서…

좌아아악!

"커억!"

드디어 원하는 것을 얻어냈다.

그게 끝이 아니었다.

심판의 앞에서 데굴데굴 구르는 반디.

나중에는 발목을 부여잡고 꿈틀거리고 있었다.

"삐이이이익!"

반디에게 유도되었는지는 몰라도, 심판은 바로 호루라기를 불었다.

그리고 그 옆에서 노란 카드를 꺼내는 시늉을 하는 페드로.

아까 씨날두가 받았던 그 장면과 매우 흡사했으니, 동일한 판정을 기대한 것이다.

하지만 심판은 고개를 가로저었다.

"왜요? 왜 이번에는 안 되는데요? 저기 보세요. 거의 죽기 일보 직전이란 말이에요."

"무… 슨… 이상한 말을 하고 있어? 아까는 발바닥이 들렸고, 지금은 아니야. 그러니까 경고까지는 필요 없다."

페드로의 과장법에 절대 속아 넘어가지 않는 심판이었다.

이번에는 반디가 힘겹게 일어섰다. 진짜 힘겨운지, 그런 척하는지는 모르겠지만.

반디의 표정이 찡그림으로, 그다음에는 미소로 바뀌었다. 아프지만 참겠다는 것을 강조하듯이.

그리고 마지막으로 느물느물하게 웃으면서 이렇게 말했다.

"발바닥을 드는 게 문제가 아니라, 이번에 저를 통과시켰으면 확실히 실점했겠죠. 그게 판정의 기준이 되어야 하지 않아요?"

심판은 속으로 살짝 찔렸다.

어린놈이지만 정확한 지적을 하는 반디.

이게 앞으로의 심판 판정에 어떤 영향을 끼칠지는 모르겠지만, 옆에서 보고 있던 씨날두는 확실히 느꼈다.

이제 자신도 그리고 지금 넘어진 반디도 연기가 통하지 않는다는 것을.

그리고 또 하나!

출렁!

반디는 진짜 그가 한 말을 지키는 놈이었다.

프리킥 상황에서 아까 자신이 했던 무회전 킥.

그것을 사용해서 레알 마드리드의 골문에 꽂아넣었다.

씨날두의 얼굴에 다시 한 번 재미있다는 표정이 떠올랐다.

빨리 만나고 싶었다.

그래서 이 경기가 끝나고 재계약 논의를 하러 클럽 보드진과 만날 기회가 있다면, 반드시 물어볼 생각이다.

다음 시즌에 반디와 함께 뛸 수 있는지를.

전반전에 더 점수가 나지 않은 이유는 간단했다.

중립지역.

축구로 표현하면, 중앙에서 싸움이 치열해졌기 때문이다.

이것은 카스티야에 긍정적인 신호였다.

'열세' 에서 '대등' 으로 경기의 양상을 만들었으므로.

"초반 두 개의 실점이 너무 아쉽군."

"그러게 말입니다. 그때 잘 막았다면, 지금쯤 이기거나 비기는 상황이었을 텐데요."

스테파노와 파본의 대화에서는 가정법이 존재했다.

초반 긴장하지 않고 선수들이 제대로 싸웠다면, 지금은 괜찮을 거라는.

그러나 가정은 현실이 아니었다. 그것이 경기 운용이며, 현재까지는 A팀의 감독, 체르니가 이들보다 더 잘하고 있었다.

소강상태를 맞이하자, 체르니는 수비를 강화했다.

최전방 세 명을 조금 내리는 것만으로 그게 가능했다.

이 명령을 잘 따르는 A팀의 1선 공격수들.

신중하게 가겠다는 의미였다. 아직은…

한편, 카스티야 역시 신중하게 접근했다.

전반전도 끝나지 않은 상황에서 더 실점하면 무너질 수 있었다.

1점 차이는 상대에게 압박을 줄 수 있는 점수 차이.

지금 이대로 끌고 나가는 것만으로도 선전하는 것이리라.

물론 반디의 입장에서는 아니었다.

그의 욕심은 끝이 없었다. 중앙으로 들어와서 미친 듯이 달리고 있었다.

그 모습을 보고 반디의 옛 스승, 알폰소가 우려의 눈빛으로 이렇게 말했다.

"저렇게 하다가 지치지 않을까!"

"그러게. 나도 그 부분이 염려되는걸."

미구엘도 같은 마음이었다.

최근 반디가 아무리 체력이 좋아졌다고 해도, 전반부터 들소처럼 뛰어다니는 것은 바람직하지 않았다.

누군가 조언을 해야 한다고 생각했다.

체력 배분을 잘해야 한다고.

하지만 이들은 그럴 수 없었다.

오히려 조언해야 할 스테파노와 파본은 가끔 옆줄에 나와서 다른 선수들을 독려하고 있었다.

"간격을 더 좁혀라!"

"더 뛰란 말이다, 더!"

그러자 선수들이 반디처럼 뛰기 시작했다.

애초에 오늘 들고 나온 전략이 이것이었다.

체력 소진이야말로 파본이 계획했던 전술이었으니까.

물론 카스티야의 체력 소진이 아니라, 상대 팀의 체력 소진이다.

평균 연령을 고려한 전략. 이것은 마치…

"바르셀로나…."

"네?"

"바르셀로나의 축구를 보는 것 같군."

체르니가 드디어 알아챘다.

오늘 파본이 짜온 전략은 바르셀로나의 제로톱이라는 것을.

쉼 없이 뛰고, 또 뛴다. 투 터치까지는 필요 없었다. 그냥 원 터치로.

그러다가 빼앗기지 않을 선수는 드리블을 시작한다.

그게 반디와 페드로였다.

다른 선수들은 대형을 계속 유지하기 위해서 그들을 따라다니며 삼각형을 만들었다.

그것을 위해서 패스하고, 받을 자리로 뛰어가는 선수들의 모습이 인상적이었다.

"그렇군요. 감독님 말씀이 맞습니다. 레알 마드리드의 축구가 아니군요."

이제야 수석코치도 깨달았다는 듯이 말했다.

"그럼…."

"일단 전반전 끝이 다가왔으니, 라커룸에서 선수들에게 알려줘야지. 바르셀로나를 막는 방법을 모르지는 않을 테니…."

수석코치의 말을 중간에 끊는 체르니의 음성에 조급함

이 묻어나왔다.

그럴 수밖에 없었다.

올 시즌 대미를 장식하고 은퇴한다는 계획을 세웠으니까.

지금까지 일은 매우 잘 풀렸다. 그 어느 때보다 레알 마드리드의 성적은 좋았기에.

그런데 마지막 방점이 중요했다.

하나도 아니고 두 개의 마침표. 그게 코파 델 레이와 챔피언스 리그 결승전이다.

오늘이 바로 첫 번째 마무리였고, 만만치 않은 카스티야의 활약에 그는 매우 곤혹스러워했다.

하지만 노련한 감독은 결코 해법이 떨어지는 일이 없었다.

라커룸에서 지시하는 그의 굵은 목소리에 선수들의 고개가 끄덕여졌으니.

"핵심은 카스티야의 9번 선수다. 패스 길을 차단해라. 그리고 너희는…."

체르니는 나란히 앉아 있는 씨날두와 가일, 칸제마를 바라보며 말을 이었다.

"후반전에 수비를 해야겠다."

후반전에는 수비하라.

감독의 말이었고, 그 선택은 주효했다.

문제의 핵심을 정확히 파악하는 체르니, 체력전을 준비하는 모양새였다.

'연장은… 절대, 없다….'

체르니는 필드를 보며 입술을 깨물었다.

버릇이었다.

가끔 그의 친구들은 맨체스터 유나이티드의 전설적인 감독처럼 껌을 씹으라고 했다.

그렇지 않으면, 입술 다 뭉개질 거라고.

아무튼, 체르니는 초조할 때 입술을 깨무는 버릇을 가지고 있다.

결국, 그만큼 카스티야가 잘해주고 있다는 의미였다.

이미 레알 마드리드를 수비로 몰고 간 것만으로도 대단한 일이었다.

그래도 반디 입장에서는 절대 성에 차지 않았다.

드리블을 계속 시도해서 전방으로 나아가는 것을 보면 잘 알 수 있었다.

그러다가 걸리곤 했다. 그리고 수차례 넘어졌다.

"이 봐, 조심해. 다치게 하고 싶지는 않다고…."

어느새 노장 수비수가 된 센터 백, 케이모.

지금은 은퇴했지만, 부동의 국가 대표 센터백이기도 했다.

그의 나이도 벌써 서른다섯.

씨날두와 더불어 최고참에 속했다.

그리고 다음 시즌 재계약은 없었다. 아직까지…

“걱정해주셔서 고맙습니다. 하하하. 그럼 좀 살살 막아 주세요.”

“살살하고 있는 거라고. 내가 반칙하는 것은 아니잖아. 네가 돌격하는 거지.”

케이모가 반디에게 손을 내밀며 말했다.

반디는 여전히 미소로 화답했다.

그 미소가 긍정적인 대답인 줄 알았다.

그래서 케이모 역시 웃었지만, 착각이라는 것을 금세 알게 되었다.

여전히 반디는 돌진형 스트라이커의 모습을 유지했다.

‘젠장, 뭐지? 저 녀석의 정체성은?’

다시 그를 막아야 했기에 속으로 물을 수밖에 없었다.

당연하게도 답은 없었다. 아니 반디의 저돌적인 침투가 그 응답이었다.

반디의 미소는 투지의 표현이다.

그것을 모르니 이렇게 당하고 만다.

그나마 케이모의 경험으로 커버하며, 재빨리 반디가 갈 자리를 선점했다.

그래도 반디는 끊임없이 두드리고 또 두드렸다.

기회는 오는 게 아니라 만드는 것이다.

그것을 몸소 실천하고 있었다.

골치 아픈 것은 반디뿐만 아니라, 우측에 있는 페드로도 들이댄다는 점이었다.

그물망처럼 조이는 수비가 아니었다면, 벌써 슈팅 기회를 주고 말았을 것이다.

시간은 어느덧 후반전 30분을 지나쳤다.

레알 마드리드도 간간이 공격했지만, 무서울 정도로 뛰어다니는 젊은 선수들에게 밀렸다.

이 모습을 본 관중들이 점점 카스티야에 동화되고 있었다.

"이거 모르겠는걸?"

"그러게, 레알 마드리드가 지는 거 아냐?"

지는 것까지는 모르겠지만, 한 방이면 동점 상황이다.

그 한 방이 곧 나올지도 모른다는 분위기.

5분밖에 안 남은 상황에서 마리오도, 세바스티안도 그리고 심지어 안토니오도 전면으로 나오면서 만들어지고 있었다.

"다 올라가라! 어차피 실점하지 않아도 진다! 어서 올라가!"

스테파노는 큰 소리로 선수들을 재촉했다.

이때 조심해야 할 것이 횡패스였다.

호시탐탐 노리는 레알 마드리드의 1선 공격수들은 역습의 달인이었으니까.

하지만 두 번째 조심해야 할 게 있었다.

바로 골키퍼의 롱 패스.

지난 시즌부터 레알 마드리드의 주전 골키퍼인 부르봉은 긴 패스가 예리하기로 소문났다.

반디의 중거리 슛이 작렬하고, 아래로 깔린 슛을 막아낸 부르봉.

그가 재빨리 길게 공을 찼다.

"이런, 제기랄!"

안토니오가 뛰었다.

퀸끄도 달렸다.

하지만 세 명의 역습 스피드는 상상을 초월했다.

그래서 카스티야의 골키퍼는 나오는 것을 선택했다.

그런데 가일의 스피드가 장난이 아니었다.

골키퍼가 먼저일지, 가일이 먼저일지 모르는 상황.

둘이 거의 겹쳐질 때…

쾅!

둘의 몸이 부딪혔다.

그리고 공이 흘러나갔다.

공에 대한 집중력이 역습하는 선수들과 수비진과의 싸움이 되었다.

헌데 처음엔 씨날두와 칸제마가 빨랐지만, 최종 수비수 안토니오가 가장 먼저 공에 도달했다.

뻥!

역시 세군다에서 가장 빠른 수비수다웠다.

거기다가 그가 가장 잘하는 것.

바로 롱패스였다.

통… 통…

그냥 클리어링 한 것 같지만, 공은 페드로가 달리고 있는 곳으로 떨어졌다.

일시적으로 역습 분위기를 가했다가, 다시 돌아가야 하는 레알 마드리드 선수들은 체력의 한계를 느꼈다.

턱! 결국, 페드로가 공을 잡아내며, 앞으로 나아갔다.

골키퍼는 나올 시점을 놓쳤다.

아니 사실은 페드로보다 더 빨리 공을 잡을 자신이 없었다.

그래도 각도를 좁히기 위해서 달려가는 것을 잊지는 않았다.

하지만 뒤에서 달려오는 반디에게 패스할 줄이야!

철썩!

일부러 강슛을 하는 것이다. 레알 마드리드의 사기를 줄이기 위해서.

반디는 기쁜 나머지 웃옷을 벗어젖혔다.

그리고 손가락 두 개를 들어 올렸다.

"두 골이에요! 두 골! 하하하!"

관중들에게 자랑하고 있었다.

당연히 그를 맞이하는 관중들의 함성은 매우 컸다.

"저 녀석, 경고받는다니까…."

스테파노는 그 말을 하면서도 미소가 새어나왔다.

기쁜 것은 참기 힘들다. 정이 많은 감독에게 있어서.

이제 남은 시간 2분.

레알 마드리드 선수의 눈에 충격이 찾아왔다.

체르니에게도 마찬가지였다.

이제 입술이 완전히 빨갛게 될 정도로 씹고 있었으니.

"교체 준비해라!"

"네?"

2분밖에 안 남은 상황이다.

연장을 준비하려면, 차라리 종료하고 나서 바꾸는 게 나을 텐데…

그렇게 생각하는 수석코치 옆에서 체르니의 큰 목소리가 다시 뿜어져 나왔다.

"가일이 절고 있다. 안 보이나?"

그랬다. 단순히 비기거나 지는 게 문제가 아니었다.

골키퍼와의 충돌로 인해서 가일이 심하게 절고 있었다.

이것을 아무도 보지 못했던 이유는, 빠르게 진행되었던 경기 때문이다.

더구나 득점까지 났으니…

이제 경기는 소용돌이 속으로 들어가기 시작했다.

연장전.

선수들은 많이 지쳤다.

레알 마드리드 선수도, 그리고 카스티야 선수들도.

현재 경기장에서 가장 빠른 것은 공이었다.

원래에도 가장 빠르지만, 수비수들이 걷어내는 데 초점을 맞추고 있으니, 더더욱 빨랐다.

선수들의 시선도 마찬가지다.

달려가기는 힘들고, 시선만 왔다 갔다 하고 있었다.

연장 전반을 그렇게 보냈다.

그런데 후반에 와서는 달라졌다.

체력을 비축한 쪽이 남은 시간을 최대한 활용하려고 했다.

놀랍게도 그 팀은 레알 마드리드였다.

그것을 보고 알폰소가 걱정스럽게 중얼거렸다.

"연장전을 해본 적이 없을 테니…."

미구엘은 대답 없이 그의 말에 동의하는 눈빛을 보였다.

점점 굼벵이가 되어가고 있는 카스티야 선수들.

지치긴 했지만, 체력 운용을 잘했던 레알 마드리드 선수들이 그나마 더 활기찼다.

반디 역시 매우 지쳤다.

"후아, 후아…."

숨이 턱까지 차올랐다.

그래도 뛰었다. 공격수인 자신이 중앙, 또는 수비 진영에서 한 발 거들어주어야 지금의 균형을 맞출 수 있다.

"후아… 후아…."

그의 귀에 들리는 호흡소리는 씨날두의 것이다.

공을 그가 가지고 있어서 막으러 왔다.

이미 페드로는 탈진 상태고, 후반전에 교체되어 나온 더그가 붙어주었다.

그러나 패스하고 다시 들어가는 씨날두를 따라가는 것은 반디.

분명히 리턴 패스가 올 것으로 생각했고, 그 짐작은 맞았다.

재대결. 씨날두의 앞을 다시 반디가 막아섰다.

반디는 그의 눈을 보았다.

때마침 씨날두도 반디의 눈을 바라보았다.

공을 지니고 있는 자와 빼앗으려는 자의 미묘한 신경전이 시작되었다.

씨날두의 좌측 어깨가 갑자기 살짝 뒤로 빠졌다.

그러자 반디의 왼쪽 발이 움직였다.

이미 그의 움직임을 읽었다. 오른발을 사용할 것이라는 걸.

틱.

이제 반디가 공을 쟁취했다.

그는 드리블을 선택했다.

어쩔 수 없었다. 동료들 모두 지쳐서 움직일 힘조차 없는 것 같았다.

사실 그들도 움직이고 있었다.

다만 반디보다 느렸다.

패스할 이들이 그보다 느리면, 그가 선택해야 할 것은 돌진이었다.

자신을 막는 수비수 하나를 간단한 페인팅으로 속이며 짓쳐 들어갔다.

또 한 명의 수비수는 그의 옆에서 붙어주기만 했다.

분명히 자신의 발에서 공이 좀 떨어진다 싶을 때, 태클을 가할 것이다.

그렇기에 공을 발에 붙였다.

진짜 접착제로 붙어있는 양, 그렇게 공을 가지고 페널티에어리어 안으로 진입했다.

수비수는 아차 싶었다. 반칙해서라도 막았어야 했는데, 너무 지체해 버렸다.

체력이 떨어지니 순간적으로 판단 능력도 떨어졌다.

이제 반디의 슛을 막는 게 급선무.

반디가 오른발을 스윙하자, 그는 태클을 선택했다.

그런데 이조차 페인팅이었다.

더불어 각도를 좁히려 나왔던 골키퍼조차 속아버렸다.

무인지경의 골문 안.

반디는 정확히 왼발로 공을 차며, 역전 득점을 이끌어냈다.

“와아아아아!”

관중들이 모두 일어났다.

산티아고 베르나베우의 새로운 스타 탄생을 도저히 앉아서 지켜볼 수는 없었다.

그뿐만이 아니었다. 반디의 동료들이 달려오며 그의 위로 덮쳤다.

이것은 마치 버저비터와 같았다.

종료 시각 1분도 남지 않은 시간에 터진 결승골!

“후아, 후아….”

반디는 이제야 숨을 쉴 수 있었다.

심장이 터질 것만 같았다.

쿵쾅쿵쾅쿵쾅.

동료들의 밑에 깔려서일까?

심장 소리가 더 크게 그의 귀에 들려왔다.

드디어 승리했다.

그리고 경기가 끝난 후 반디가 할 일은 적지 않았다.

우선 쇄도하는 인터뷰 요청은 속된 말로 장난이 아니었다.

그래도 인터뷰를 즐기는 반디답게 그것을 기꺼이 맞이했다.

목표를 묻는 말에는 대체로 이렇게 대답했다.

"내년 시즌 이 자리에서는 레알 마드리드의 일원으로 인터뷰하고 싶습니다."

사실 대부분 그렇게 믿고 있다.

인터뷰하는 기자도, 그리고 지켜보고 있는 사람들도.

다만 스페인 언론은 극성맞기로 유명했기에, 지금부터는 반디도 신중한 인터뷰를 해야 했다.

반디는 훌리안에게 들었다. '이제까지는' 어린 유망주를 바라보는 시점에서 인터뷰한 것이라고. 그렇다면, '이제부터는' 스타플레이어를 다루듯이 할 텐데…

"다음 시즌이 마지막 계약 기간이라고 들었습니다. 재계약은 하실 겁니까?"

"지켜봐야 할 것 같습니다. 제가 맘대로 정하는 게 아니잖아요. 하하하."

"대체로 카스티야에서 올라온 선수가 두 시즌 이상을 버틴 경우는 없었습니다. 현재 A팀 선수들도 마찬가지로 한 명뿐입니다. 혹시 에스테반 선수가 그와 같이 될 수 있다고는 생각해보진 적이 없으신가요?"

반디는 잠시 자신에게 이 질문을 한 기자의 이름을 상기해보았다.

이름은 루에카, 마드리드 신문 기자였다.

마치 하이에나와 같은 눈으로 자신을 쳐다보는 기자에게 반디는 미소를 잃지 않고 말했다.

"만약 제가 레알 마드리드를 떠나게 된다면, 아마도 기자님이 저를 비난하는 기사를 마구 썼을 때 아닐까요? 하하… 물론 농담입니다. 저는 아직 어려서 기자님의 어려운 질문에 답변하기 힘들어서 그랬습니다. 그러니까 일단은 노코멘트로 하겠습니다."

한편, 레알 마드리드 A팀은 충격에 빠졌다.

일주일 남은 챔피언스 리그를 앞두고 사기가 저하될 국왕컵에서의 패배.

그렇다고 A팀을 비난하는 사람들은 많지는 않았다.

월드컵에서 브라질이 무명의 팀에게 진 것을 이변이라고 하지, 실력이라고 부르지는 않으니까.

오히려 팀에는 긍정적인 상황이 발생했다.

감독인 체르니가 계약 연장을 고려하고 있다는 말을 인터뷰에서 한 것이다.

" 3관왕을 하고 팀을 떠나려고 했습니다. 그런데 카스티야의 선수들이 저의 앞길을 막았습니다. 하하하."

웃고 있지만, 질문한 기자들은 알았다.

그의 속이 편하지 않다는 것을.

여기에서도 루에카는 활약 중이었다.

체르니 감독의 심기를 계속해서 긁어 대었으니.

루에카는 자신의 펜 끝으로 사람들을 휘둘러대는 것을 좋아했다.

기사를 타이핑하면서도 자신이 쓴 이 결과물이 어떤 영향을 미칠지 속으로 상상했다.

가끔은 그 상상 속에 곤경에 빠진 사람들의 얼굴이 떠올라 기분이 좋았다.

지금은 두 명의 대상이 바로 체르니와 반디였다.

둘이 악연으로 만나는 것을 밑그림 그렸다.

시작도 아주 좋았다. 카스티야가 레알 마드리드를 이길 때 반디가 해트트릭했으니까.

이제 이 둘의 갈등으로 한 명이 팀을 떠나는 스토리가 상상에서 펼쳐진다면…

그는 '씨익' 하고 웃었다. 생각만 해도 기분이 좋았다.

루에카의 기사를 보고 다른 기자들도 앞다투어 보도했다.

반디의 승급을 마음대로 결정하는 기사를.

또한, 승급했을 때, 팀 케미스트리에 대한 전문가의 분석도 있었다.

그중 루에카가 악의적으로 써 놓은 전문가의 인용 기사.

그것이 훌리안의 눈에 들어왔다.

"에스테반 선수가 레알 마드리드의 포워드 역할에 잘 어울리는지는 모르겠다. 일단 체르니의 전술에 그가 포함될지는 반드시 지켜봐야 한다. 그래도 첫 시즌에는 주전 확보가 거의 불가능하다는… 이 자식이 뭐라고 하는 거야?"

"아아, 그 기자요? 저번에 인터뷰할 때 제가 좀 쏘아붙였더니 복수하는 것 같아요. 하하하."

반디는 아무렇지도 않게 훌리안의 말을 받았다.

하지만 훌리안은 걱정이 되었다. 아직 어린 반디가 이제부터 시작되는 언론과의 전쟁을 잘 치러낼지에 대해서.

그러면서 반디에게 객관적인 시각으로 체르니 감독에 대해서 설명했다.

"경험 많은 선수를 좋아한다는 점은 저도 알고 있었어요."

"이탈리아 세리에 A에 있을 때부터 유명한 이야기지. 그가 지휘했던 AC 밀란은 나중에 노인정 소리까지 들었으니까. 언뜻 보면 이 기사가 합당한 주장일 수도 있어."

"중요한 것은 제가 잘하면 되는 것 아닙니까? 감독님이 설마 잘하는 선수를 내보내지 않을 리는 없으니까요."

"그렇기는 하지만…."

일단 체르니는 반디를 어떻게 기용할 것이라는 질문에 대답하지 않았다. 그는 아직 반디의 승급이 이루어지지 않았기 때문에 대답할 수 없다고 말했다.

더군다나 챔피언스 리그 결승전이 다가왔기 때문에, 지금은 다른 생각을 할 여유가 없다고 답변했다.

그런데 정작 챔피언스 리그 결승전에서 반디의 승급이 확정되었다.

레알 마드리드가 챔피언스 리그 결승에서 맨체스터 유나이티드를 꺾고 우승컵을 들어 올리는 날.

현재 회장 직무 대행을 맡고 있던 크레스피가 그의 승급을 발표한 것이다.

기자회견에서 루에카는 챔피언스 리그 우승을 즐기는 체르니에게 찬물을 끼얹는 질문을 했다.

"계약연장을 하신다는 이야기가 있습니다. 그렇다면 다음 시즌에도 팀을 이끄신다는 걸로 알고 질문하겠습니다. 에스테반 선수의 승급으로 이제 경험 많은 선수들과의 공존에 대해서 물어보고 싶습니다. 그 자리에는 칸제마도 있고, 로테이션 스트라이커, 그리고 후보 스트라이커도 있는데요. 어떻게 하실 건지요?"

우승을 이룬 그에게 할 질문은 아니었다.

하지만 같이 있던 기자들 모두 궁금해했다. 루에카의 말대로 레알 마드리드의 현재 포워드는 포화상태였으니까.

체르니는 일단 오프시즌에 생각해본다는 말로 대충 얼버무렸지만, 다음날 기사를 보고 싶지 않았다.

분명히 이에 대해 갖가지 추측기사를 써 놓을 기자들이 었다.

그리고 그의 예측이 맞았다.

특히 루에카는 벌써 체르니가 반디를 길들이기에 나섰다는 말도 안 되는 기사를 써댔다.

"스페인의 언론? 휴우…."

스테파노는 자신에게 인사를 하러 온 반디를 보며 고개를 저었다.

말은 더 잇지 않았지만, 그것만으로 지독한 언론에 크게 덴 것을 다 표현한 것이나 다름없었다.

파본이 그 모습을 보면서 웃었다. 아직 감독 자리에 앉아 본 적이 없어서 그의 시각은 꽤 객관적이었다.

"유럽에서 이탈리아와 스페인의 언론이 최강이죠. 쥬제뉴 감독도 잉글랜드에 가서 좋아했다지 않습니까? 착한 기자들을 다시 만나게 되어서 반갑다고."

"그래서 더 걱정이야. 잘 견뎌야 할 텐데."

스테파노의 시선이 머무르는 곳. 걱정을 담은 눈동자가 반디를 바라보았다.

늘 그렇지만, 미소를 짓는 반디는 스테파노의 걱정을 이렇게 받아내었다.

"가서 세계 최고의 선수가 되겠습니다. 너무 걱정하지 마세요."

"좋아. 그래도 너무 욕심내지 말고, 조급해하지도 말고… 그리고 또 뭐 있더라?"

정 많은 스테파노는 그에게 할 말을 적었어야 했다고 후회하는 중이었다. 그러나 걱정할 필요는 없었다. 그에게는 파본이라는 훌륭한 코치가 있었으니까.

"기사를 좀 악의적으로 썼지만, 체르니가 노장을 중용한다는 것은 사실이야. 젊은 선수를 안 쓴다는 이야기가 아니라, 포메이션을 설계할 때, 이왕이면 경험 많은 선수를 위주로 배치한다. 그 점 명심해라."

"알고 있습니다."

파본의 다소 객관적인 조언에 반디가 고개를 끄덕이며 말했다.

그의 명심하라는 말을 다 이해했다는 듯이.

다시 말해서 초반에 주전으로 뛰지 못할 테니 각오하라는 소리였다.

그런데 반디의 반응이 미심쩍었는지 파본은 한 번 더 강조했다.

"그러니까 그의 눈에 들기 위해서는 아마도 최소 몇 년의 시간이 필요할 것이다. 그 안에 네가 잘 참고 인내하면, 아마도 레알 마드리드는 네 중심으로 재편되지 않을까 예상해본다."

이렇게 마지막에는 잘 웃지 않는 파본도 환한 미소를 지으며 그에게 덕담을 해주었다.

하지만 반디에게 그 말은 덕담이 아니었다.

그는 몇 년이나 고생할 생각은 전혀 없었다.

늦으면 1년, 이르면 다음 시즌에 바로 주전을 확보하는 게 그의 목표였다.

한편, 같이 떠나는 페드로는 빅토르의 앞에서 희희낙락하며 친구의 어깨를 두드려주었다.

"이거 뭐야, 내 어깨를 허락하지 않았는데…."

"자식, 좀스럽기는… 카스티야는 네가 먼저 올라갔잖아. 나도 너보다 먼저 올라갈 때가 있는 거지. 안 그래?"

"흥."

콧방귀를 뀌었지만, 친구들의 이른 승급에 큰 자극을 받았음이 틀림없었다.

옆에서 말이 없는 마리오도 마찬가지였다.

다만 이들에게는 이제 희망이 생겼다.

카스티야에서도 잘하면 A팀으로 올라갈 수 있다는 꿈.

그날 스테파노는 볼 수 있었다.

훈련장에는 늦은 시간까지 조명이 켜져 있는 것을.

흐뭇한 웃음을 지으며, 그는 다음 시즌에도 카스티야의 선전을 확신했다.

Chapter 54

NEO SPORTS FATASY STORY

FIRST Chapter 54 TOUCH

레알 마드리드의 회장 선거가 눈앞으로 다가왔다.

저마다 공약을 실천하려고 무리수를 두고 있었다.

크레스피도 그랬지만, 로메오도 마찬가지다.

로메오가 주장한 것은 당연히 레알 마드리드의 유소년 시스템 개혁이었다.

정확히는 그 유소년 시스템의 끝에 반드시 A팀이 있어야 한다고 강조한 로메오.

여러 가지 구체적인 방안을 제시했지만, 그가 이루어낸 증거 하나만으로 그의 승리가 점쳐졌다.

그게 바로 카스티야의 코파 델 레이 우승이었다.

더불어 반디와 페드로의 성장도 한몫했다.

"그럼 외부 영입은 받아들이지 않을 생각이십니까? 팬들의 걱정이 그 부분입니다. 너무 내부 승급만 하게 된다면 팀의 전력이 약해질 거라는 우려가 적지 않습니다."

"당연히 외부 영입은 있어야 합니다. 그 부분에 대해서는 감독과 상의해서 잘 조율하겠습니다."

그렇게 말하면서 로메오는 몇 명의 선수 영입에 대해서 언급했다.

프랑스의 중앙 미드필더의 이야기도 그의 입에서 흘러나왔다. 제2의 지네딘이라는 선수였다.

항상 그렇지만 회장이 되기 위해서는 외부에서 영입할 선수는 반드시 공약으로 걸어야 했다.

그런데 크레스피는 선수가 아닌 감독을 언급했다.

"저는 쥬제뉴 감독을 데리고 오겠습니다."

이 말도 안 되는 공약은 루에카가 기사 작성하는 데 훌륭한 소스가 되었다.

그는 바로 『쥬제뉴 감독과 에스테반 선수의 케미스트리』이라는 제목으로 기사를 내보냈다.

예전부터 에스테반 선수를 눈여겨보던 쥬제뉴가 레알 마드리드로 다시 부임해야, 현재의 노장 선수들이 정리될 수 있다는 내용이었다.

이것은 레알 마드리드에 속해 있던 노장 선수들에게 큰 반발을 일으켰다.

선수 중 몇 명이 쥬제뉴의 재임 시절 그와 마찰이 있었기 때문이다.

또한, 재계약을 마음먹은 체르니 감독의 심기도 꽤 불편하게 했다.

말은 안 했지만, 이들 모두 차라리 로메오가 회장이 되기를 바랐다.

그리고 선거 전날 완벽하게 로메오에 힘이 실리는 인터뷰가 있었다.

그게 바로 하비에르의 인터뷰였다.

아직 투병생활 중인 그는 레알 마드리드의 차기 회장은 로메오가 되어야 한다고 강조했다.

하비에르의 추종자였던 크레스피는 배신감에 떨었다.

그래도 재무이사로 있는 폴리는 이렇게 그를 위로했다.

"잘 된 일입니다. 하비에르의 지지를 받는 게 과히 좋지는 않으니까요. 현재 회원들은 유망주 정책의 강화를 지지하고 있습니다."

"그게 무슨 소리인가? 유망주 정책이야, 로메오가 쭉 이행했다는 걸 세상 사람들이 다 아는데!"

"그 반대로 하비에르는 늘 유망주의 무덤으로 만든 사람입니다. 당연히 그의 지지를 받는다면, 변수가 생길 겁니다."

듣고 보니 맞는 말 같았다.

아무튼, 실낱같은 희망을 안고 다음 날 선거 결과를 기다리는 크레스피.

드디어 선거의 결과가 나왔다.

그날 저녁 신문에는 대문짝만하게 이렇게 쓰여 있었다.

『압도적인 표 차이로 로메오가 회장 당선!』

○

"드디어 레알 마드리드가 새 시대를 맞이했군."

신문을 보던 실바가 만족한다는 듯이 말했다.

옆에 있던 미구엘도 미소를 지었다.

"그러게요. 이제 좀 나아질까요?"

"모르지. 비록 우리가 로메오를 지지했다지만, 당선되고 초심을 잃는 정치인들이 얼마나 많은데."

"그래도 그는 아닐 것 같습니다. 일단 유소년에 책정한 투자금액을 더 늘리겠다고 했으니까요."

"뭐, 자기 공약은 제대로 지키겠지. 문제는 그 공약 중에 나단에 관한 거야."

나단 가브리엘. 프랑스가 배출한 천재 미드필더였다.

제2의 지네딘이라는 수식어가 부족하다는 평가를 받는 나단.

"1억 유로라는 이야기가 있습니다."

"당연하지. 파리 생제르망이 그냥 내 줄 리는 없잖아. 꽤 돈 많은 구단인데."

실제로 로메오는 자신의 공약을 실천하기 위해서 나단의 영입을 추진하고 있었다.

약속을 중요시하는 회장.

그래서 믿을만하다는 평가가 젊은 지도자들 사이에서 퍼져 나왔다.

문제는 돈이다. 그것에 가장 밝은 재무이사 폴리는 부정적인 견해를 크레스피에게 밝혔다.

"결국, 자신이 만들어 놓은 함정에 자기가 빠질 겁니다. 빚을 해결한다는 공약과 좋은 선수를 영입한다는 약속을 동시에 만족하게 할 수는 없으니까요."

"그래도 뭔가 믿는 게 있겠지."

"글쎄요, 어디서 당장 많은 투자를 해주지 않는다면, 그게 쉽지는 않을 겁니다. 두고 보십시오."

폴리의 두고 보라는 말을 크레스피는 믿고 있었다.

이제 그는 정치인으로 치면, 야당이나 다름없었다.

즉, 집권한 로메오에게 흠집이라도 내서 다음 선거를 호시탐탐 노리는 재야세력.

그나마 아직 재무이사, 폴리가 곁에 남아 있어서 다행이었다.

그런데 사람의 마음은 갈대라더니, 폴리의 마음이 점점 흔들리는 일이 생겼다.

로메오는 폴리의 능력을 알았다.

지난 시즌, 비록 그가 자신을 위해 일을 하지 않았지만, 상당 부분 빚을 해결했다.

사람 됨됨이가 맘에 들지 않았지만, 자금 운용에서 탁월한 능력을 보여준 폴리.

로메오는 비즈니스에 감정을 대입해서는 안 된다고 생각했다.

그래서 그가 크레스피의 사람일지라도 그 임무를 계속해서 맡겼다.

오늘도 폴리를 불러 앞으로의 일을 상의했다.

"앞으로의 이적 자금이 문제네. 좋은 의견을 들어보려고 불렀네."

폴리는 로메오가 편협한 인간이 아니라는 것을 잘 알고 있었다.

그렇다 할지라도 지금 자신에게 이런 문제를 털어놓을 줄은 예상하지 못했다.

폴리는 호기심 많은 눈빛을 보이며 이렇게 물었다.

"저를 믿으십니까?"

"자네의 능력을 믿네."

"……."

처음부터 이쪽에 붙었다면 더 탄탄대로였을 텐데, 왜 크레스피 쪽에 줄을 댔는지에 대해서도 최근 후회하고 있었다.

그러나 후회는 잠깐이다. 아무리 비즈니스의 세계라도 이리 붙었다가 저리 붙는 모습을 보여서는 안 된다고 생각했다.

지금 자신의 능력을 믿는다는 로메오.

폴리의 눈빛이 흔들렸다.

그 역시 감정은 감정이고, 현재 속해 있는 레알 마드리드를 위해서 온 힘을 다해야 한다는 마음이었다.

그래서 브리핑 형식으로 보고하는 폴리.

"…결국은 아시아 시장이 관건입니다. 특히, 한국 시장은 아주 매력적입니다. 일단 에스테반 선수가 A팀에 올라왔다는 것 자체가 그들로 하여금 돈을 쓰게 만들 수 있으니까요."

고개를 끄덕이지 않을 수 없었다.

하지만 이것은 장기적으로 봐야 할 관점이라고 생각했다.

지금 로메오에게 필요한 것은 단기적인 자금이다.

은행에 돈을 더 빌릴 수도 있겠지만, 그것은 오히려 그가 반대해 왔던 것이었다.

로메오의 생각을 눈치챈 폴리.

구미에 맞는 말을 하기 시작했다.

"나단에 대해 영입하는 것은 너무 급하게 생각하지 마십시오. 듣자하니 그 선수가 레알 마드리드행을 간절히 원하고 있답니다."

"그건 나도 아네. 하지만 돈이 필요한 것은 사실이야. 1억 유로는 당장 구하기 쉬운 액수가 아니거든."

"협상을 잘하면 됩니다. 어차피 그쪽에서도 나단의 마음을 안다면 붙잡기 힘들다고 생각할 겁니다. 게다가 A팀에서도 몇 명의 잉여 인력이 있습니다. 그들을 정리하십시오. 일단 스트라이커 쪽에 인원이 너무 많습니다."

그 이야기를 듣고 로메오의 눈이 가늘어졌다.

그가 아끼는 반디를 처분하자고 하는 것은 아닌지 의심해서 생긴 눈초리였다.

폴리는 눈치가 빠르다. 그 눈빛을 보고 재빨리 이렇게 말했다.

"제가 말씀드리는 것은 현재 칸제마와 이번에 올라오는 에스테반의 로테이션 체제입니다. 어차피 다른 스트라이커는 지난 시즌 칸제마에 주전 경쟁에서 밀려 불만이 많았습니다."

그제야 로메오도 고개를 끄덕였다.

그리고 스카우트 부장인 빈센트를 부르는 로메오.

폴리와 함께 그 일을 추진하도록 지시했다.

더불어 재무에 관해서 폴리의 조언을 들어야겠다는 마음도 굳혔다.

능력이 있다면, 사람을 가리지 않는다는 게 로메오의 장점이었다.

폴리의 사업 수완은 대단했다.

한국의 사정을 들어보고서 바로 추진한 것이 4개국 클럽 대항전이었다.

정확히 말하면, 이미 한국의 한 클럽에 의해서 추진된 3개국 클럽 대항전에 레알 마드리드가 참가하는 것이었다.

여기서도 그는 실리와 명분을 다 챙겼다.

참여인원을 조절했다. 나름대로 아낄 때는 아끼자는 것이었는데, 베테랑들은 모두 제외하며 비용을 줄였다.

그들이 참여하면, 수당이나 여러 가지 부대 비용이 많이 들기 때문이다.

또한, 한국 투어에서 반디는 반드시 섞여 있어야 했다.

베테랑이 들어가기 시작하면, 반디가 주전으로 뛰기 힘들 수도 있기에 내민 것이었다.

명분도 간단했다.

새로운 선수들에게 프리시즌에 뛸 기회를 준다.

특히 로메오가 좋아하는 말이었다.

이렇게 해서 반디는 다시 한국행 비행기를 타게 되었다.

한국에 도착했을 때 반디를 맞이한 환영인파.

한국은 그를 사랑하고 있었다.

비록 국적이 한국은 아니지만, 한국 출신의 입양아가 레알 마드리드의 선수로 뛴다는 점.

더구나 오빠 부대가 탄생할 만큼 얼굴도 잘생겼다.

"오빠! 여기 좀, 여기 좀 봐요!"

"오빠~"

폴리의 예측대로 정확하게 들어맞았다.

한국에서의 인기를 바탕으로 유니폼도 가장 많이 팔렸다.

심지어 일본과 중국에서도 그의 인기가 높았다.

인터뷰 또한 피하지 않는 모습에 기자들도 그를 좋아했다.

"약속을 지키셨습니다. 다시 올 때에는 레알 마드리드 A팀 유니폼을 입고 오신다셨는데."

"그러게요. 지키게 되어서 정말 다행입니다. 운이 좋았습니다."

그는 자신에게 쏟아지는 질문을 밝게 웃으면서 받았다.

마음이 아주 편했다. 스페인의 기자들과는 완전히 딴판이라서.

그래서 기자회견까지 준비했다. 그 어떤 질문도 받을 수 있으리라는 자신감에. 물론 자신의 어머니 이야기도 상관없었다.

다만 다음과 같은 질문에는 대답하기 힘들었다.

"아버님 이야기는 해주실 수 있으신가요?"

"죄송합니다. 사실 저도 잘 모르겠습니다. 저희 어머니께서 해주신다셨는데, 그동안 축구 경기를 하느라고 제대로 듣지 못했습니다. 정확히는 이번에 들으려고 왔습니다."

반디는 솔직히 표현했다. 사실 숨기고 싶지도 않았다. 늘 그는 이런 문제를 대중에게 공개했다.

그래서 아만다도 데리고 온 것이다. 어차피 알려진 것이고 스페인에서는 굳이 비밀 연애를 할 필요가 없었다.

부모님도 다 모시고 왔다.

레오나르도와 벨라는 정말 오랜만에 한국을 방문했다.

반디를 데리러 왔을 때 이래로 처음이었다.

그들은 인터뷰가 싫다며, 바로 성심원으로 갔다.

비록 마리아 수녀님이 계시지는 않았지만, 그들에게 뜻깊은 곳이라고 말하면서.

인터뷰를 마친 반디는 아만다와 함께 민선의 아파트를 방문했다.

작년 이맘때, 이 자리에서 그녀의 눈물을 보았다는 것을 생각하니 아련하기만 했다.

"이 아가씨가 뭘 좋아하는지 모르겠어. 일단 과일을 깎아왔는데…."

“잘 먹어요. 걱정하지 마세요. 그지 아만다?”

한국어와 스페인어를 동시에 쓰며 두 여자에게 말하는 반디.

아만다는 그저 미소를 지으며 고개를 끄덕였다.

그녀는 잘 알고 있었다. 오늘 최소한 자신이 해야 할 역할을.

반디에게 미리 들었다. 그는 출생에 대한 부분을 듣게 된다면서 옆에 있어달라고 말했다.

그게 어쩌면 슬픈 이야기일지도 모르니, 그에게 힘을 주고 싶었다.

여러 일상 이야기가 오갔다.

반디는 팀에 적응하는 문제를 꺼냈고, 민선은 새로운 영화에 출연한다는 말을 했다.

그러다가 이제 마음의 준비가 되었는지 그녀가 말을 꺼냈다.

“네 아버지도 축구선수였단다. 성심원 출신이지.”

축구선수라는 말을 할 때, 반디의 눈이 살짝 커졌다.

“우리는 함께 자랐고, 떨어지는 게 어색한 사이가 되었어.”

그때를 연상하는지 민선의 눈동자가 아득한 곳을 보고 있었다.

하지만 입에서는 계속 옛이야기가 흘러나왔다.

어렸을 때부터 축구를 잘했던 반디의 부친.

한국을 빛낼 차세대 유망주로 손꼽혔다고 했다.

그래서 아르헨티나로 축구 유학을 갔는데, 그만 실종되고 말았단다.

"실종이요? 어떻게 그런 일이?"

"나도 영문을 알 수 없어서, 백방으로 수소문했지만, 그게 끝이었어. 너를 낳고 내가 할 수 있는 일은 수녀님의 도움을 받는 것뿐이었으니까."

그다음에 그녀에게 찾아온 암 선고.

결국, 그녀는 반디를 입양 보내야만 했다.

보육원에서 크는 것보다 더 나은 삶을 반디에게 제공해주고 싶었다.

자신이 죽더라도, 반디는 행복해야 한다고 생각했다.

그런데 기적적으로 살아났다.

마리아 수녀도 하느님의 은총이라고 표현했다.

다만 반디를 다시 데리고 올 수는 없었다.

우연이 겹쳐서 기회가 만들어졌고, 그녀는 속칭 벼락스타가 되었지만, 늘 채워지지 않는 그리움은 바로 반디였다.

그래서 살펴보기 시작했다.

반디가 어떻게 살고 있는지.

그리고 레오나르도가 사업에 어려울 때마다 반디와 반디의 가족을 도왔다.

이 내용은 반디도 알고 있었다.

한국으로 오는 비행기 안에서 그제야 그의 부모님이 털어놓았다.

예전에 반디가 축구 클럽에 들어간다고 했을 때, 한참 사업이 어려웠던 상황이었다며.

한국이나 스페인이나 돈이 있어야 스포츠를 할 수 있다.

레오나르도는 의류 사업을 했는데, 한국에서 대량 주문을 했단다.

아직도 궁금한 게, 그 업체는 그런 큰돈을 쓸만한 곳이 아니었다는 점.

나중에 잘 꿰어맞춰 보니 이 모든 것을 민선이 한 일이었다.

"피를 속일 수 없다고 생각했지. 신기했단다. 네가 축구를 좋아하고, 잘한다는 이야기를 들었을 때."

"……."

반디는 말없이 웃었다.

이런 이야기라면 그냥 들을 걸 그랬다.

애써 나중으로 미루어둘 필요까지는 없었을 것을.

속이 시원했다. 다만 아버지가 어떤 사람인지 궁금했다.

민선에게 들은 아버지의 이름.

김우혁.

나중에 스마트폰으로 그 이름을 검색해보니 있었다.

『인물정보

김우혁 : 축구선수

출생 …(중략)…

2002년 한국 월드컵 이후 남미 엘리트 프로젝트에 참가했다가 아르헨티나에서 실종. 관련 뉴스 …(후략)…』

반디는 관련 뉴스도 모두 뒤져보았다.

출신을 안다는 것은 이런 기분이었다.

반디의 눈에 눈물이 흘렀다. 그런데 묘하게도 미소와 함께 나왔다.

눈물을 닦아주는 손.

그것은 어머니의 것이었다.

그녀 역시 같이 눈물을 흘리고 있었다.

아만다도 마찬가지였다.

한국어를 몰라서 아무 내용도 알 수 없었지만, 감정에 동화되었다.

가슴이 찌르르한 느낌.

그것이 그날 그렇게 반디에게 왔다 갔다.

Chapter 55

NEO SPORTS FATASY STORY

FIRST Chapter 55 TOUCH

4개국 축구 대회가 다시 3개국 축구 대회로 바뀌었다.

중국 팀이 일정상 문제가 생겼다고 대회 며칠 전 불참을 통보한 것이다.

대회 관계자는 화가 났다.

늘 이런 중국 축구 클럽의 막무가내식 통보에 당한 것이 한두 번이 아녔기에.

특히 체르니 감독에게 이야기하는 대회 관계자의 대머리에 땀이 흘렀다.

통역을 거쳐서 그 이야기를 듣고 체르니는 웃으며 말했다.

"괜찮습니다. 어차피 한 경기 덜 뛴 것에 대해서는 큰 문제가 없습니다."

체르니는 중국팀에 큰 신경을 쓰지 않았다.

만약 이번 대회에 참여한 올덴부르크가 불참을 선언했다면, 화를 냈을지도 모른다.

그것을 기대하고 있었다.

지난 시즌 유로파 리그 챔피언과의 대결.

가히 혁명적인 구단이라고 들었다.

한국인 감독이 4부 리가부터 팀을 이끌면서 큰 스타선수 없이 분데스리가의 강자가 되었다는 이야기.

소설에나 나올 법한 이야기라서 믿기 힘들었다.

그래서 이번에 확인해 보려고 했는데…

'기존 선수 다 빼고 내보내라니….'

그는 재계약할 때가 생각이 났다.

로메오는 그를 붙들었다.

다시 한 번 팀을 맡아달라고.

계약서에 체르니가 원하는 모든 것을 다 넣겠다고 말했다.

– 시즌 중 선수 선발에 대해 간섭하지 말 것.

체르니가 요구한 것은 통과되었다.

그런데 이번에 체르니를 찾아온 폴리는 그 계약서에 허점을 정확히 파고들었다.

– 프리시즌은 시즌이 아니지 않습니까?

결국, 이번에 후보 선수들 위주로 데리고 왔다.

레알 마드리드가 자랑하는 씨날두, 칸제마, 가일.

그리고 중앙 미드필더 타미 등이 모두 빠진 인원.

보통 이런 경우면 주최 측에서 항의하기 마련인데…

“저 녀석이 참가하면 끝이라니? 어이가 없군.”

그의 시선 끝에 반디가 전술 연습하는 게 보였다.

체르니의 말을 듣고 아구스틴이 자신의 의견을 개진했다.

“한국에서 인기가 대단합니다.”

“그런가요?”

“그렇습니다. 아마도 관중들이 가득 찰 텐데, 흥행이 되면 레알 마드리드에 나쁘지 않은 결과입니다.”

그 말이 맞았다. 레알 마드리드와 주최 측인 프린스 구단에 관중 수입이 같이 분배되는 조건으로 참여한 투어였으니까.

다만 체르니는 너무 특정선수 중심으로 팀이 개편되는 것 아닌가 경계하고 있었다.

그의 눈으로 확인하기는 했다.

반디가 세계 최고 선수로 클 수 있다는 것을.

하지만 이제 열아홉 살이다.

프리메라리가와 세군다 리가는 매우 다르기에 너무 큰 관심은 결코 반디에게 긍정적으로 작용하지 않을 것이다.

지금 옆에서 말하는 아구스틴도 보드진에서 추천한 코치였다.

세군다 리가를 이끈 경험을 무시할 수 없다며.

앞으로 레알 마드리드 유소년 팀에서 올라오는 선수들을 관리하려면, 그 부분에 정통한 지도자가 필요하다고 말했다.

계약서에 선수 선발이 아닌 코치 선발도 넣어야 했었다.

이런저런 후회가 체르니의 마음속에 스며들고 있었다.

하지만 늘 융통성 있게 살아왔다.

더군다나 시즌이 시작되면 간섭이 없을 것이다.

지금은 차라리 구단의 비위를 맞추는 게 나을 것으로 보였다.

거기다가 폴리에게 희망적인 이야기도 들었다.

세계 최고의 미드필더가 합류하게 될 것이라는.

안 그래도 타미의 노쇠화가 걱정이었는데, 드디어 신형 엔진이 장착될 모양이었다.

수비수 역시 이번에 승급된 안토니오가 인상적이었다.

후보로 분류되는 페드로도 잘 키우면 나쁘지 않을 것 같았다.

가일의 자리에서 잠재적인 경쟁자가 될 수 있었다.

사실 반디도 뛰어난 선수지만, 자꾸 보드진에서 그를 감싸는 통에 반발심이 생긴 것이다.

거기다가 스페인 언론이 묘하게 자꾸 그와의 갈등을 부추겼다.

처음에는 별일 아니라고 대수롭지 않게 넘겼지만, 이제는 신경이 쓰였다.

도착하자마자 개인 시간을 내달라며 부탁한 것도 마음에 들지 않았다.

엄마를 보러 가야 한다면서.

이래저래 자신과 반디가 해결해야 할 일이 점점 많아지는 느낌이었다.

문제는 시간이었다.

만약 반디가 자신의 전술에 맞는다는 것을 프리시즌 내에 발견하지 못한다면, 보드진과의 갈등은 충분히 예상 가능했다.

첫 경기.

한국의 프린스구단과 경기에서 큰 활약을 보여주지 못한 반디.

더더욱 체르니를 고민에 빠지게 했다.

일단 그는 아구스틴을 불렀다.

"과감한 모습을 보이기는 하지만, 슛을 하지 못해. 원래 저렇게 소극적이었나?"

"아닙니다. 대단히 적극적인 아이입니다. 다만 완벽한 찬스가 아닌 한 슛을 잘 하지 않는 걸로 알고 있습니다."

“스트라이커가 그래서는 안 되지! 일단 어디서라도 골을 넣을 수 있다는 자신감으로 슛해야 하는데….”

체르니의 목소리가 커졌다.

그러면서 아구스틴은 느낄 수 있었다.

반디의 인상이 지금 앞에 보이는 감독에게 과히 좋게 박히지는 않았다는 것을.

그래서 입을 다물고 있었다.

이것은 경험에 따른 행동이었다.

예전에 자신도 반디가 카스티야에 처음 왔을 때, 기용하지 않았었다.

아무리 스테파노가 옆에서 잘한다고 말해도 그의 마음속에서는 반디는 없었다.

오히려 반디를 기용하지 않고서 승리할 수 있다고 믿었다.

그러다가 최하위까지 가서 마약과 같은 반디의 플레이에 중독되기 시작했지만.

감독과 대면하고 나서 아구스틴은 반디와 시간을 가졌다.

“네 습관 있잖아.”

“네? 어떤 거요?”

“슈팅 횟수가 적은 것. 지나치게 완벽을 추구하려고 하면, 프리메라리가에서 잘 안 먹힐 것 같아서….”

"그런가요?"

"응. 난 네가 어떤 상황에서든 숫했으면 좋겠다."

이것을 감독이 원한다고 말하지는 않았다.

이 또한 경험에서 나왔다.

겉으로 보이기에 유(柔)해 보이지만, 사실 반디는 강했다.

누군가의 의도대로 움직이는 것을 좋아하지 않았다.

그게 고집으로 보일 때도 있었지만, 또 끝끝내 해내는 모습에 아구스틴이 푹 빠지기도 했다.

그러나 누구나 자신과 같지는 않을 것이다.

더구나 프리메라리가에서는 플레이 하나하나가 기자의 펜 끝과 팬들의 목소리에 비판을 받는다.

그 대표적인 예가 바로 가일이었다.

지난 시즌 그가 최상의 모습을 보이지 않았다는 점 때문에, 최근 그는 이적하고 싶다는 말을 했다.

아구스틴은 반디도 비슷한 상황에 놓일까 봐 우려되었다.

그런데…

"혹시 감독님이 그것을 원하시나요?"

"응?"

"코치님은 그런 말씀 잘 안 하시잖아요. 제 플레이가 맘에 안 들면, 싫다, 괜찮으면, 잘한다. 예전에는 그냥 직선적으로 말씀하셨지, 무엇을 어떻게 해라. 이런 방법적인 부분은 거의 들어본 적이 없거든요."

속으로 완전히 찔린 아구스틴.

그가 잊은 게 있었다. 반디는 눈치도 빨랐다.

이럴 때에는 인정하는 게 속편했다.

"맞다. 체르니는 네 장점을 아직 충분히 인지 못 하고 있다. 어떤 상황에서 슛하는 것보다, 슛하면 거의 들어간다는 것을 아직 파악하지 못했으니까."

"그럼 제 잘못이네요. 하하하."

"그… 그렇게 생각하니?"

"네. 다음 경기에서 보여드려야죠, 뭐."

다음 경기에서 보여준다.

말은 잘했다. 그나마 여기가 한국 땅이라서 다행이었다.

어쨌든 한국에서 반디를 빼고 다른 이를 기용할 리는 없었으니까.

올덴부르크와의 경기는 그래서 중요했다.

반디는 상대감독을 알고 있었다.

지난 시즌 올덴부르크를 유로파리그 정상에 올려놓은 감독이다.

무엇보다도 올덴부르크에는 아는 얼굴이 있었다.

그게 바로 산체스였다.

경기 당일 그에게 가서 인사를 하자 깜짝 놀라는 눈치였다.

"엇, 에스테반이 여기에 있었네. 벌써 1군으로 올라간 거야?"

반디가 인사하자 놀라움과 반가움을 담아 이름을 불렀다.

"그렇게 되었어요. 하하하."

반디는 웃으면서 슬쩍 산체스의 옆에 있던 감독을 바라보았다.

아무 말 하지 않고 자신을 보는 사람.

이름이 박정이라고 들었다.

그러다가 다시 시선을 돌려서 다른 곳을 응시했다.

짧은 시간의 만남. 그럼에도 불구하고 반디는 박정을 다 파악한 것만 같았다.

일단 주위를 얼려버리거나, 태워버릴 듯한 카리스마가 느껴졌다.

그의 목소리를 한마디도 듣지 못했지만, 느낌이 강렬했다.

그래서 결론을 내렸다.

'올덴부르크에 가지 않았던 것은 좋은 판단이었어….'

예전에 자신에게 이적 제안을 했던 곳이다.

그때 고민도 하지 않고 거절했지만, 지금 와서 다시 생각하니 잘했다는 판단을 내렸다.

일단 감독의 성향이 자신과 맞지 않을 것 같았다.

지금까지 반디가 최고의 모습을 보여주었을 때에는, 자신을 잘 아는 감독 밑에서였다.

그런 의미에서 지금의 체르니에게 빨리 자신을 알려야 했다.

지난번 프린스 구단에서의 플레이.

누군가는 부진이라고 했지만, 반디는 그렇게 생각하지 않았다.

그것을 오늘 보여주리라 다짐한 그의 눈빛이 반짝거렸다.

경기 시작 전에 반디의 인기를 여실히 증명하는 부분이 바로 관중석의 함성이었다.

"에스테반!"

짝짝짝 짝짝.

"에스테반!"

짝짝짝 짝짝.

서울 월드컵 경기장이 떠나갈 듯한 분위기였다.

심지어 오빠 부대도 등장했다.

10대에서 20대 초반으로 이루어진 이 여성 그룹은 반디에게 여자 친구가 있어도 변하지 않는 애정을 보여주었다.

"오빠~~"

"꺄아악!"

다만 오늘 날씨는 정말 최악이었다.

스페인에서도 이런 날씨에 뛰는 것이 곤욕이었지만, 오늘은 더더욱 심했다.

고온다습. 벌써 땀이 줄줄 흐른다.

반디의 얼굴에도, 다른 이들의 얼굴에도.

하지만 흐르는 땀과는 별개로 미소 자체가 반짝였다.

뛰고 있을 때에는 진지했지만, 잠시 공이 라인 아웃이 될 때 언제나 미소를 보여주었다.

전반 10분쯤에 그 미소가 더 환해질 장면이 연출되었다.

통쾌한 중거리 슛이 골망에 꽂혔다.

골키퍼가 몸도 제대로 움직이지 못할 강슛이었다.

그것을 보며 체르니 또한 환하게 웃었다.

"오늘은 다르네. 혹시 자네가 힌트 줬어?"

"제가요? 저는 요즘 반디랑 이야기도 안 합니다."

아구스틴은 시치미를 떼고 이렇게 대답했다.

"그래? 둘이 원래 사이가 안 좋아?"

"모르셨어요? 카스티야에서 초반에 아예 기용을 안 했죠. 하도 옆에서 '출전시켜라, 출전시켜라.' 떠들어대니까 반발감만 생기더라고요."

체르니는 그 이야기를 듣고 살짝 찔렸다.

자존심 때문이라도 반디를 제대로 평가하고 집어넣겠다는 다짐을 했었다.

옆에서 하도 떠들어댔기에 말이다.

일단 더 지켜봐야 할 것 같았다.

우연히 첫 번째 슈팅이 득점으로 연결된 것은 아닌지.

그런데 후반전에 다시 한 골을 터트렸을 때에는 확실히 느꼈다.

반디는 슛을 난사하는 스타일이 아니라는 것을.

대신 그가 슛할 때에는 기대감이 든다.

횟수가 아니라 정확도를 추구하는 스트라이커.

이제야 알았다.

마지막 득점 장면에서는 의아한 슈팅이 나왔다.

그를 견제하러 나오는 올덴부르크의 수비수들을 한 곳에서 따돌리고 사각에서 발을 가져다 댔다.

"저…."

체르니가 입을 열다가 다물었다.

사각에서 하는 슛은 정확하지 않았기 때문에.

그러나 그게 골문 안으로 들어가는 것을 보고 그는 갑자기 자신도 모르게 흥분되는 것을 알았다.

"이 봐, 아구스틴!"

"네?"

"역사상 승급 첫해에 득점왕을 차지한 경우가 있었나? 갑자기 궁금해지네."

그 말을 듣고 미소 짓는 아구스틴.

알아보겠다는 말과 함께 다시 필드에서 뛰는 반디를 바라보았다.

'자식, 오늘따라 더 잘생겨 보이네.'

반디는 자신의 장점을 모두 드러낸 올덴부르크와의 경기에서 감독의 합격점을 받았다.

물론 그게 주전을 보장한다는 말은 아니었다.

레알 마드리드는 세계 최고의 선수들이 운집한 곳이다.

그 자리에 역시 세계 최고 중 하나로 일컬어지는 칸제마가 있었다.

한국을 찍고, 일본에 간 후 인도네시아에 있을 때, 그가 합류했다.

"이제부터는 프리시즌이 아니라 돈 벌기 위한 시즌이네. 안 그래? 하하하."

칸제마는 반디에게 이 말을 건네며 미소를 보였다.

목소리와 웃음에서 여유가 묻어 나왔다.

반디는 그의 농담에 대답 없이 미소만 지었다.

그는 예감했다. 이제부터 주전 싸움이 시작되었다는 것을.

주전 경쟁에 관해서는 페드로도 마찬가지다.

"젠장, 난 가일의 자리에서 싸워야 해."

"하면 돼지, 안 그래?"

"주장이야, 거의 주전을 굳힐 것 같으니까 그런 말씀을 쉽게 하시는 거예요."

"내가 무슨 주전을 굳혀? 그리고 난 이제 주장이 아니야."

안토니오가 손사래를 치며 페드로의 말에 대답했다.

"에이, 엄살떨지 마세요. 그 자리에 한 명은 은퇴했고, 다른 한 명은 장기 부상이잖아요. 그러니까 가장 앞서 가는 사람이 안토니오 맞죠."

"무슨 소리? 그런 말 하지 마라. 누가 들을까 겁난다."

말은 그렇게 했지만, 안토니오 자신도 이번이 기회라고 생각했다.

팀의 레전드 수비수는 빠른 은퇴를 선언했다.

그는 레알 마드리드에서 선수가 마지막으로 갈 길을 잘 알고 있었다.

하나는 이적해서 선수생활을 연명하거나, 다른 하나는 빨리 은퇴하는 것이다.

이제 서른다섯.

선수로서 어린 나이는 아니지만, 그렇다고 해서 수비수로서 늙은 나이도 아니었다.

체르니 또한 경험 많은 선수가 필요했다. 그래서 그의

은퇴를 말렸지만, 소용없었다.

체르니는 생각했다.

그동안 레알 마드리드가 나이 많은 선수를 내친 것에 따른 부작용의 하나라고.

그나마 씨날두는 선수 생활을 이어가겠다고 했다.

이에 대해서 칸제마가 나름대로 논평을 내놓았다.

"당연하지. 나이와 함께 경험이 생겼으니까."

"아, 저도 빨리 나이 먹고 경험이 생겼으면 좋겠습니다."

"왜? 내 자리 넘보게?"

"당연하죠. 하하하."

반디가 웃으면서 대답하자, 칸제마도 같이 미소를 지었다.

레알 마드리드에서 9.5번 형 포워드를 만든 남자, 칸제마.

그는 반디를 싫지 않은 놈이라고 규정했다.

사실 칸제마가 다른 핵심선수와는 다르게 인도네시아에 일찍 복귀한 이유가 있었다.

바로 반디 때문이었다.

올덴부르크와의 경기에서 해트트릭했다는 소식.

당연히 자극되었다.

지금까지 항상 자신을 자극했던 선수들이 있었고, 그들과의 경쟁에서 이겨왔던 칸제마.

이제 서른두 살의 나이가 살짝 부담스럽다.

나이는 숫자라는 말도 있지만, 포워드의 위치에서 서른이 넘으면 잠시 자신을 돌아봐야 한다.

그런 의미에서 씨날두는 대단했다.

자신보다 나이가 세 살이나 많은 그는 라이벌의 추격을 허용한 적이 없었다.

대체 불가한 선수.

레알 마드리드에서 씨날두는 그런 존재였다.

이제 살아있는 레전드로 통하는 그가 드디어 팀에 합류했다.

인도네시아를 거쳐서, 태국을 지났을 때였다.

씨날두와 타미 등, 주전 대부분이 합류했다.

합류하지 않은 것은 이적을 준비하거나, 부상자들뿐이었다.

그런데 이적 준비 선수 중 하나가 바로 가일이라는 게 체르니의 주름살에 힘이 들어가는 일이었다.

이때쯤 빈센트와 폴리도 클럽을 방문했기에 그는 이 문제에 대해서 그들에게 단단히 따지려고 마음먹었다.

"가일이 프리미어리그로 돌아가고 싶어 합니다. 설득해 보았지만, 실패했습니다."

"아니, 이유가 뭐랍니까? 작년에 그렇게 좋은 성적을 거두었는데요."

"이제 새로운 도전을 해보고 싶다고는 하지만…."

폴리는 이 시점에서 잠시 말을 끊었다.

그리고 체르니가 대충 다음 내용을 눈치채며 그 말을 받았다.

"영원한 이인자가 되기는 싫었군요."

그 말에 고개를 끄덕이는 빈센트와 폴리.

결국, 며칠 후에 가일은 레알 마드리드에 엄청난 이적료를 안겨주고 맨체스터 시티로 떠났다.

한편, 아시아 투어가 끝이 난 후 다시 복귀한 레알 마드리드.

이적은 거의 마무리 되었다.

그리고 새로운 선수의 영입도 뒤따랐다.

레알 마드리드다운 영입도 있었고, 실속을 따지는 영입도 있었다.

다만 가일의 대체자를 찾지 못했다는 게 문제였다.

훈련장에서 페드로가 열심히 뛰고 있기는 했다.

하지만 맘에 들지 않았다.

그래서 그런지 그는 혼자 중얼거렸다.

"작년에 2관왕 한 것이 부담되는군."

"3관왕이죠. 카스티야도 레알 마드리드니까. 많은 사람이 이미 3관왕이라고 떠들고 있습니다."

역시나 체르니가 혼자 중얼거리지 않게 만드는 아구스틴.

그러나 그 말은 위로가 되지 않았다.

"어쨌든 3관왕이면 더더욱 사람들이 기대를 많이 할 텐데…, 전력은 더 떨어졌어."

"그런가요?"

"아무리 그래도 선수들은 세월을 빗겨나갈 수는 없지. 거기다가 유망주로 올라온 애들도 아직은 영글지 않았으니까."

그는 물론 반디와 안토니오에 대해서는 만족감을 표시했다.

그러나 실전은 달랐다.

프리시즌에 펑펑 터트리고, 실제 리그에 들어가서 못하는 경우가 너무 많았다.

반디도 안 그런다는 보장은 없었다.

안토니오는 실전에서도 잘할 것 같았다.

일단 수비는 탁 튀는 맛으로 선발하는 게 아니라, 안정감을 놓고 평가한다.

거기다가 수비조직력이라는 것은 하루아침에 이루어질 수 없다.

아시아투어에서 새롭게 정비한 수비조직력.

안토니오를 중심으로 한 포백이 나름대로 안정적인 모습을 보였다.

일단 수비는 합격, 공격은 '불안'에 해당했는데, 좋은 소식이 들려왔다.

드디어 1억 유로의 사나이가 레알 마드리드로 온 것이다.

폴리가 시간이 더 걸릴 것처럼 말해서, 시즌 개막 전에는 힘들 것으로 예상했는데 다행이었다.

그래서 체르니의 입에서 이런 이야기까지 나왔다.

"정말 감사합니다. 덕분에 미드필더 라인의 짜임새가 훨씬 좋아졌습니다."

그 말에 로메오는 만면에 희색을 띄우며 반응했다.

"아닙니다. 가일의 이적에 대해서는 정말 뭐라고 드릴 말씀이 없습니다. 웬만하면 전력을 보존해야 하는데, 은퇴도 있고…."

"그게 뭐 회장님 탓입니까? 사실 씨날두 때문에 문제가 몇 번 있었습니다. 그가 잘하는 것은 사실이지만, 동료에 대한 배려심은 좀 부족해 보입니다. 나이가 들면 나아질 것 같았는데…."

원래 감독은 선수의 험담을 하지 않는다.

체르니도 여간해서는 그 말을 입에 담지 않았다.

물론 감독마다 다르다.

예전에 쥬제뉴는 못한 이를 못했다고 적극적으로 표현했다.

그래서 체르니를 덕장이라고 하고, 쥬제뉴는 지장이라고 일컫는 것이다.

그런 평가에도 불구하고 체르니가 씨날두의 이야기를 입에 담았다.

가일이 떠난 것에 대한 아쉬움을 우회적으로 표현한 것이다.

"저도 들었습니다. 하지만 또 그가 잘 해내온 것은 사실 아닙니까?"

"아, 맞습니다, 회장님. 저는 그를 탓하는 것이 아니라, 아쉬움을 이야기하는 겁니다. 챔피언스 리그 2연패. 새 회장님께 그 선물을 드리고 싶었습니다. 그런데 일이 이렇게 되니…."

"말씀만 들어도 고맙습니다. 하지만 저는 당장 결과보다 장기적으로 탄탄한 팀이 되는 것을 바랍니다. 빚잔치를 벌여서 팀을 운영하다가는 빚더미에 앉습니다. 무슨 말인지 아시겠지요?"

모를 리가 없었다.

레알 마드리드는 정말 작년에 심각했었다.

수습해야 할 하비에르 회장은 병에 걸렸고, 크레스피는 그 정도의 능력을 갖추지 못한 인물이었다.

그나마 로메오가 그 위치에서 최선을 다한 덕분에 여러 빚을 막았다는 이야기가 있었다.

유소년의 성공만으로 로메오가 회장에 당선된 것은 아니다. 그만큼 다른 능력도 보여주었기 때문에 앞으로 4년을 이끌 회장이 된 것이다.

체르니를 보내고 폴리를 부른 로메오.

"그래, 고생 많았군."

"아닙니다. 그런데 궁금한 점이 있습니다."

"……."

"왜 저를 믿으시는지 모르겠습니다."

그 질문을 듣고 로메오는 미소 지으며 답했다.

"자네를 믿는 것보다, 자네의 능력을 믿는 것일세."

"그래도…."

"전에 첼시에서 경영인 출신을 고용한다는 이야기를 듣고 생각했었네. 레알 마드리드도 그런 사람이 있어야 한다고. 나는 솔직히 그 능력이 부족하네. 전 회장인 하비에르가 오히려 출중했지."

자신의 능력을 아예 드러내놓고 말했다.

솔직한 사람이라고 다시 한 번 생각한 폴리의 귀에 계속해서 로메오의 설명이 들려왔다.

"그러니까 자네와 같은 셈에 밝은 사람이 클럽을 도와야 하지 않나? 그 부분에 대해서 난 깊은 터치를 하지 않겠네."

터치하지 않는다는 말은 꽤 위험한 말이라고 생각한 폴리.

그런데 또 그 말을 듣고 이상하게 더 잘해야겠다는 생각이 들었다.

그래서 반디에 대한 이적 문의가 올 때마다 그는 이사회에서 이렇게 주장했다.

"어쩌면 몇억 유로의 선수를 팔게 되는 것일 수도 있습니다."

"몇억 유로라니? 그게 말이 되나? 아직 풋내기일 뿐이야. 레알 마드리드는 늘 유소년에서 돈을 만졌어. 그리고 그 이상으로 좋은 선수를 갈락티코의 멤버로 구성했어."

"설마 그게 클럽의 전통이었단 말씀이십니까?"

크레스피의 말에 눈을 동그랗게 뜨는 폴리. 어이가 없다는 말로 다시 자신의 주장을 관철했다.

"그렇다면 이제부터 다른 전통을 세워야 합니다. 유소년에서 올려서 외부 영입을 섞는 형태가 가장 이상적이니까요."

"설마 바르셀로나처럼 하겠다는 건가?"

크레스피가 날카로운 눈을 빛냈다.

바르셀로나는 레알 마드리드의 숙적.

아무리 이상적인 모델이지만, 바르셀로나처럼 한다는 말이 나오면 많은 이사진이 공감하지 않을 것이다.

그래서 크레스피는 지금 폴리가 말을 받는 순간을 노렸다.

그때 로메오가 개입했다.

"바르셀로나라니요? 괜히 그런 말로 논지를 흐리지 마

세요. 일단 지금 논의는 에스테반 선수에 관한 것입니다. 자그마치 4천만 유로를 제시했습니다. 어떻게 할까요?"

보드진이란 이런 일을 하기 위해서 만들어졌다.

회장의 결정이 우선이기는 하지만, 레알 마드리드의 이사회의 의견 또한 들어봐야 한다는 게 로메오의 생각이었다.

그래서 이사들은 이렇게 주장했다.

"절대 안 됩니다. 4천만 유로라니요? 에스테반의 미래 가치에 비해 턱없이 부족한 돈입니다."

"턱없이 부족한 돈이 문제가 아닙니다. 사람들이 요즘 레알 마드리드를 셀링클럽이라고 불러요. 왜 우리가 선수를 팔아야 합니까? 그것도 앞으로 미래가 창창한 선수들을."

"당연히 팔지 말아야죠. 우리도 리오멜처럼 유소년에서 큰 레전드가 필요합니다."

"어허, 이 사람. 어딜 바르셀로나 선수에 비교해? 라울을 이야기해야지. 안 그런가?"

"그… 그렇지."

마지막에 대답한 이사 하나는 대답하면서도 살짝 어색해했다.

라울은 결국 팀을 떠난 레전드였기 때문이다.

그 당시 얼마나 분통이 터졌던가?

레알 마드리드에서 레전드에 대한 대우는 너무 박했다.

그것을 이제 바꾸고 싶다는 생각.

이곳에 있는 이사들은 대체로 동조하는 모양새였다.

그래서 유망주와 레전드의 조화가 이루어지는 팀을 위한 의견이 이렇게 모였다.

그리고 로메오와 폴리의 눈동자가 묘하게 부딪혔다.

어쨌든, 이 결과로 반디는 판매 불가의 핵심선수로 자리잡게 되었다.

로메오는 발 빠르게 언론에 공개했다.

- 절대 에스테반 선수를 팔지 않겠다.

늘 그렇지만, 회장의 대처는 매우 중요하다.

물론 이게 가격을 높이는 쇼라고 하는 이들도 있었지만, A팀의 선수들은 확실히 느꼈다.

레알 마드리드가 변하고 있다는 것을.

그런데 그 변화를 가끔 달가워하지 않은 이도 있었다.

팀의 일인자는 자신 중심으로 팀이 바뀌는 것을 원한다.

그게 바로 씨날두의 이야기다.

전술 훈련이 한창인 상황.

씨날두의 플레이가 매우 돋보였다.

측면에서 중앙으로 넘어가는 그의 동선은 물 흐르듯이 자연스러웠다.

물론 그 중앙이란 페널티 에어리어 근방이다.

이때 칸제마가 수비수를 끌어내는 것이 핵심이었다.

"그만! 잘했다."

체르니는 이들의 플레이에 만족한 듯이 외쳤다.

그리고 이번에는 반디와 페르로를 집어넣었다.

할당된 전술훈련을 마치고 나오는 씨날두.

수건으로 얼굴을 문지르며 반디의 전술훈련을 지켜보고 있었다.

그런데 살짝 그의 눈썹이 찡그려졌다.

지금의 플레이는 페드로가 반디를 지원하는 모양새였다.

최소한 레알 마드리드에서 포워드 지원 상태가 사라진 것은 오래전이었다.

포워드를 아예 지원하지 않는다는 게 아니다.

지금처럼 완벽하게 포워드 중심으로 하는 플레이는 경기 중에 많이 나오지 않는다는 뜻이었다.

그런데 요즘 반디가 들어갈 때 저 훈련만 했다.

반디에 최적화시키는 전술을 만들겠다는 것.

그것을 체르니가 보여주는 것만 같았다.

씨날두의 입장에서는 당연히 맘에 들지 않았다.

그나마 자신과 반디가 짝이 될 때에는 그 빈도가 줄어들었다. 아직은 반디가 자신에게 맞추는 9.5번 형 포워드가 된다는 뜻이었다.

포워드가 윙의 공격을 지원하면서 득점까지 노린다는 의미에서 생겨난 9.5번 형 스트라이커.

하지만 이게 뒤집어질지도 모른다는 불안감이 스멀스멀 씨날두의 가슴에서 올라왔다.

아무리 자신의 나이가 서른다섯이라고 할지라도, 기량은 떨어지지 않았다고 생각하던 씨날두가 이렇게 말했다.

"누구보다 저 아이가 A팀에 승급하기를 원했던 게 나야. 알지?"

"응? 그… 그럼. 알지. 하하하."

그 말에 더듬거리면서 말을 받는 선수가 바로 세비앙이다.

코트 디 부아르의 용병으로 레알 마드리드에서 잔뼈가 굵은 미드필더였다.

주전을 확실히 굳힌 것은 아니지만, 로테이션의 한 자리는 차지했다.

"그런데 요즘은 좀 기분이 안 좋네. 벌써 세대교체를 하려는 느낌인데."

"설마, 지난해 팀 내 득점왕이 누구였는데? 그럴 리가 있겠어?"

"지난해뿐만은 아니지."

"마… 맞아. 그렇지. 하하하."

자신감 있게 말하는 씨날두와 고개를 심하게 끄덕이는 세비앙.

그런데 그럴 만도 했다.

벌써 몇 년째인가?

무려 10년째, 팀 내 최고 득점자였다.

"그 이전 해에도, 그리고 이전 해에도 네가 최고 득점자였지."

"그런데 벌써 세대교체라니, 이거 서운한데. 설마 나를 다른 선수처럼 취급하는 것은 아니겠지?"

세비앙은 그가 말한 의미를 잘 알고 있었다.

레알 마드리드의 삼십 줄에 들어선 이들은 조기 은퇴를 하거나, 아니면 선수 생활을 이어가기 위해서 이적해야만 한다.

누구도 강요한 적은 없다. 그런데 최근에 레전드로서 제대로 은퇴한 사람도 없었다.

지난 시즌 레전드 수비수도 아직 더 뛸 수 있었는데도, 그 공포 때문에 조기 은퇴하고 말았다.

씨날두의 말은 그것을 의미하고 있었다.

"설마… 그럴 리가 있겠어?"

"그렇지? 일시적인 거겠지?"

"그럼, 당연하지. 하하하."

그 말을 듣고 씨날두는 다시 미소를 지었다.

하긴 이런 경우가 몇 차례 있었다.

자신의 자리를 위협하려는 선수들.

그들이 영입될 때마다 씨날두는 이겨내었다.

정정당당하게.

최고의 자리에는 오르는 것보다 지키는 게 더 힘들다.

그런데 팀 내에서 무려 10년 동안 그 자리를 지켜낸 레전드다.

레알 마드리드가 아무리 선수의 은퇴가 제대로 이루어지지 않은 곳이라 해도, 자신만은 예외라고 생각했다.

따라서 은퇴할 때까지는 칸제마나 반디는 여전히 9.5번형 포워드의 임무를 수행할 것으로 예상했다.

다만…

출렁!

골망을 흔드는 반디의 강슛이 약간 경계가 될 뿐이었다.

물론 이것은 기우에 불과했다.

UEFA 슈퍼컵.

바로 지난해 챔피언스 리그 우승팀과 유로파 리그 우승팀이 붙는 그 경기에서 체르니는 반디를 출전시키지 않았다.

씨날두의 표정이 밝아졌다.

여전히 팀은 자기중심으로 돌아간다는 것을 확인했기 때문이다.

그래서 살짝 경계했던 반디에게 다시 웃는 모습으로 다가갔다.

"아가야, 실망하지 마라. 하하하. 첫해부터 주전은 나도 못했어."

씨날두는 처음 맨체스터 유나이티드에 입단했을 때가 떠올랐다.

2003년에 입단해서 당시 맨유의 레전드에게 도전하는 입장이었다.

그나마 3년 차에 서서히 자신의 능력을 뽐내며 점점 주전 자리를 치고 올라갔다.

그래서 반디에게도 그 시간이 필요하다는 것을 주지시킬 참이었다.

"몇 년 지나니까 한국인 선수 하나가 들어왔어. 수비형 윙의 창시자. 정말 존경스러운 체력을 지녔지. 아무튼, 그 선수와 호흡이 잘 맞아서 지금의 내가 탄생했지. 내가 워낙 공격적이라서… 알지? 그래서 칸제마의 플레이가 너한테 필요해."

"네에, 하하하. 칸제마 멋있죠. 참, 저는 감독님이 부르셔서 가봐야 할 것 같아요. 그럼."

씨날두는 애매한 대답을 하고 가는 반디의 뒷모습을 보며 묘한 미소를 지었다.

그리고 옆에서 보는 세비앙은 그 미소의 의미를 알았다.

씨날두의 생각을 읽은 것이다.

새로운 조력자를 만들겠다는 의지.

그것이 세비앙의 눈에 보였다.

Chapter 56

NEO SPORTS FATASY STORY

FIRST Chapter 56 TOUCH

"이번 수페르코파 데 에스파냐에서 출전하니까 컨디션 조절하라고 불렀다."

체르니가 웃으면서 반디에게 공지한 내용이다.

"정말인가요? 벌써 제가 나가는 겁니까? 하하하. 기분 좋은데요."

"실전 테스트로 생각하면 된다. 너무 부담은 가지지 말고."

"네, 알겠습니다."

반디가 힘차게 대답했다.

다만 부담 갖지 말라는 말에도 살짝 긴장되기 시작했다.

드디어 레알 마드리드의 공식 경기 첫 번째다.

첫 번째라는 압박감이 장난이 아니었다.

다행인 것 하나는 바로 상대가 카스티야라는 점.

수페르코파 데 에스파냐는 리그 우승팀과 컵 대회 우승팀이 맞붙는 경기였기에 이루어진 것이다.

지난해 자신이 이끈 카스티야가 코파 델 레이에서 우승했기 때문에 이렇게 A팀과 재경기를 하게 되었다.

떠나온 지 얼마 되지 않았는데, 벌써 그립다.

스테파노와 파본, 그리고 동료들.

멀지 않은 지역에 있어서 자주 만날 것 같지만, 실제로 그렇지 못했다.

각자 매진하는 훈련이 너무 바빴다.

그래서 이번 대회가 꽤 기다려졌다.

자신이, 그리고 그들이 얼마나 성장했는지 무척이나 궁금했다.

시간은 바로 다가왔다.

수페르코파 데 에스파냐 1차전.

오랜만에 만나는 옛 동료에게 환한 미소를 지으며 안부를 묻는 반디.

"잘들 지냈지? 하하하."

"물론이지. 오늘 각오하라고. 지난번에 이어 우리가 또 승리할 테니까."

빅토르의 목소리에 힘이 들어갔다. 그런데 그의 말을 받는 것은 페드로였다.

"아니지. 그때와 지금은 다르지. 바로 '나' 라는 존재가 있고 없음의 차이. 오늘 한 번 느껴봐. 킥킥킥."

"그게 무슨 소리야? 나를 무시하는 소리인데? 예전에도 내가 이겼던 걸로 아는데…."

이번에는 그렌스가 페드로의 말을 무시하듯이 대응했다.

"그만, 그만. 무섭다, 그만해라. 하하하."

마지막으로 이 말싸움을 종식하는 사람이 지난 시즌 카스티야의 주장, 안토니오였다.

"그래. 어차피 경기에서 이기면 돼지, 무슨 말이 많아? 안 그래?"

그리고 마지막 말은 안토니오가 떠난 뒤에 주장의 역임을 맡은 세바스티안이었다.

여러모로 카스티야 선수들은 의지가 불탔다.

그들은 최근 자극받고 있었다.

언론은 그들을 알맹이가 빠진 껍데기라고 지칭했으니.

수비에서 안토니오, 그리고 팀의 빠르기를 책임진 페드로가 빠졌다.

더욱이 대체 불가능한 스트라이커 반디의 부재는 올 시즌 카스티야를 약체라고 평가하기에 충분했다.

선수들은 인정하고 싶지 않았다.

그래서 오늘 증명하러 나왔다.

반면 이들의 대화를 지켜보던 씨날두와 타미.

그들은 어린애들을 보는 기분으로 서 있었다.

그 눈빛에 쓰여 있는 의미.

지난 코파 델 레이 결승전에서 진 것을 인정하지 않겠다는 게 새겨져 있었다.

경기에 패배한 후 그들은 챔피언스 리그 결승을 위해서 힘을 아껴두었다고 자위했다.

어쨌든, 그들은 챔피언스 리그에서 압도적으로 상대를 꺾고 우승했다.

이제 사자의 콧잔등을 문 쥐들을 응징할 시간이라고 생각했다.

오늘도 관중들은 흥미로운 대결을 지켜보았다.

지난번 코파 델 레이 경기에 이어서 또 한 차례 벌어지는 레알 마드리드의 서비스.

"이거 매년 이랬으면 좋겠어. 하하하."

"에이, 이 사람아. 긴장감이 너무 없잖아."

"무슨 소리? 만약 이번에도 카스티야가 이기면 긴장감이 생길걸? A팀의 코를 계속 납작하게 해주는 B팀. 얼마나 멋진가?"

"그건 그렇군. 하하하."

관중들 일부의 대화에서 보듯이 대부분 약팀의 반란을 다시 한 번 응원했다.

일단 반란을 일으킬 준비를 다 마친 스테파노는 경기 시작 전에 체르니에게 먼저 손을 내밀었다.

“오늘 좋은 경기 부탁합니다.”

“아, 내가 할 말을… 지난번에 크게 혼났어요. 하하하. 오늘은 저희가 도전자예요.”

체르니는 예의를 잃지 않은 스테파노의 모습에 미소를 띠며 필드를 바라보았다.

오늘 핵심은 반디의 레알 마드리드 공식 경기 데뷔전이다.

과연 어떤 플레이를 펼칠지 기대가 된다.

심판의 호루라기로 시작된 선공.

먼저 레알 마드리드가 공을 뒤로 돌리며 경기를 시작했다.

카스티야는 최전방 더그부터 압박하러 나섰다.

하지만 레알 마드리드의 공은 돌고 돌아서 결국 드리블 마스터인 씨날두에게 갔다.

그를 막으러 나오는 아르헨티나 용병, 그렌스.

카스티야에 페드로가 있을 때, 늘 비교되곤 했다.

스피드에서 페드로에게 뒤졌지만, 수비 능력은 더 나았다.

오늘 그 모습을 보여주려고 씨날두의 바로 앞을 막아섰다.

씨날두의 눈빛이 변했다.

그는 오늘 반디에게 가르쳐주려고 맘먹고 나왔다.

A팀의 플레이가 바로 이런 것이라는 걸.

늘 그렇지만 그의 발에서 현란한 드리블이 시작되었다.

그런데…

톡.

그렌스가 그의 발에서 약간 떨어진 공을 재빠르게 가로챘다.

"……!"

씨날두의 얼굴에 느낌표가 그려졌다.

"뭐 하는 거야? 빨리 수비 안 해?"

중앙선 부근에서 빼앗겼기에, 그의 귀에 체르니의 고함이 들렸다.

생각보다 쉽게 빼앗긴 것에 당황했던지 잠시 뛰어다니는 것을 잊었던 씨날두.

그 자리에 머문 시간은 1초도 안 되었지만, 그렌스는 벌써 공을 가지고 앞으로 나아갔다.

그렌스 역시 윙 포워드였다. 드리블 능력이 출중한 선수였고.

레알 마드리드 왼쪽을 공략하던 그가 중앙으로 공을 치

고 들어갔다.

"저쪽, 저쪽을 막아!"

이번에는 안토니오가 포백을 보호하려 내려온 세비앙에게 외쳤다.

하지만 아직 이들의 호흡이 완벽하지 않아서 그런지 세비앙이 그렌스를 막으러 오는 타이밍이 한 발짝 늦어졌다.

안토니오는 중앙에 더그를 막아야 했고, 결국 그렌스의 중거리 슛이 터졌다.

직사포!

공은 그의 발에서 출발해서 직선을 그리며 골문으로 들어가고 말았다.

"와아아아아!"

관중들의 함성이 메아리를 타면서 울렸다.

반란을 노리던 그들의 응원이 드디어 첫 단추를 끼웠다.

그렌스는 코너로 가서 손을 아래에서 위로 몇 번이나 들어 올렸다.

함성을 더 크게 질러달라는 액션이었다.

그것에 반응하는 리액션!

카스티야의 이름을, 그렌스의 이름을 부르며 관중들이 신 나 했다.

반면 레알 마드리드 선수들의 얼굴에는 '당했다' 는 표정이 여실히 드러났다.

초반에 선취골을 허용할 줄은 몰랐을 것이다.

반디도 살짝 놀랐다.

자신이 몸담았던 팀의 옛 동료들은 더 성장했다.

조직력은 톱니바퀴가 만나는 것처럼 더 유기적이 되었고, 위닝 멘탈리티가 곳곳에 스며든 것 같았다.

오늘 방심하면 바로 무너질 가능성이 있었다.

당연히 눈빛을 다시 가다듬는 반디.

옆을 돌아보니 씨날두도 마찬가지였다.

그는 반디에게 이렇게 말했다.

"방심했어. 자, 이번에는 제대로 보여줄게. 들어가서 수비진 좀 끌어내 줘. 알겠지?"

반디는 그 말에 고개를 끄덕이며 미소 지었다.

"당연히 그렇게 해야죠. 그런데 아시겠지만, 늘 세상은 기브 앤 테이크죠. 먼저 해드리고, 나중에 받겠습니다. 자, 그럼 파이팅!"

약간 멍해진 씨날두.

공을 주고 나아가는 반디의 등 뒤를 바라보고 있었다.

그것을 아는지 모르는지 반디는 밝게 웃으며 달려갔다.

사실 환경적으로 반디는 카스티야에 속해있을 때보다 더 질 높은 패스를 받을 수 있었다.

아무리 카스티야에 있는 선수들이 좋은 선수들일지라도, 아직은 미완성이었다.

중앙 미드필더인 타미는 매년 도움 순위 상위권에 이름을 올려놓는 선수였고, 중앙으로 들어오는 그 패스는 허를 찌르기에 충분했다.

그런데 순간적으로 동선이 겹쳤다.

씨날두와 반디.

당연히 중앙은 반디의 영역인데, 씨날두가 먼저 컷인하고 들어갔다.

아직도 현란한 그의 드리블은 살아있었다.

왼발과 오른발을 번갈아가며, 브리지(헛다리 짚기)를 보여주는 그의 기술에 막는 수비수의 눈이 돌아갈 지경이었다.

그러나 그게 끝이었다.

스테파노와 파본이 그의 드리블에 대해 이미 선수들에게 숙지했다.

무게 중심이 앞으로 쏠려 있을 때를 제외하고는 공을 터치하지 말라고 지시했다.

선수들은 그 지시를 충분히 따랐고, 게다가 중앙 미드필더가 들어오며 협업을 했다.

그러자 씨날두는 재빨리 슛을 쏘았다.

그로서는 어쩔 수 없는 선택이었다.

이미 반디는 자신의 자리로 수비수 한 명을 데리고 나갔으며, 오른쪽의 페드로 역시 카스티야의 좌측 수비수와 겹쳐져 있었으니.

"젠장!"

씨날두의 입에서 나오는 소리는 슈팅실패를 의미했다.

그리고 그는 손을 들어 올리며 타미에게 고맙다고 표현했다.

타미도 고개를 끄덕이며 뒤로 물러섰다.

이런 장면이 늘 어색하지 않았기에.

하지만 페드로는 이것을 곱게 받아들이지 않았다.

"이상하네… 반디의 발밑으로 그냥 들어가게 해야 했는데…."

"킥킥킥, 씨날두 때문에 고생 많을 거다."

중얼거리는 페드로를 지나쳐 가는 빅토르.

오늘 이들은 적으로 만났다.

그렇지만 반디에 대한 이들의 마음은 같았다.

페드로는 당연히 그가 득점해주기를 바랐으며, 빅토르는 실점하더라도 차라리 반디에게 빼앗기는 게 나았다.

그러나 이들은 그게 쉽지 않으리라는 것을 예감했다.

이때부터 씨날두는 슛을 여러 차례 시도하기 시작했다.

반디는 슬슬 강제로 밀려났다.

전반전이 끝날 때까지 계속해서 그의 슛은 남발되었다.

그가 컨디션이 안 좋을 때 붙는 별명, '씨난사.'

오늘은 그 '씨난사'의 전형적인 모습이었다.

그래서 0-1로 리드를 당한 레알 마드리드의 라커룸에서 개혁이 일어났다.

"지금 뭐라고 하셨습니까?"

"후반전에는 시에치가 그 자리를 대신해서 들어간다고 했다."

씨날두는 자신의 귀를 의심했다.

체르니가 자신의 자리에 시에치를 대신해서 넣겠다고 말한 것이 믿기지가 않았다.

시에치는 크로아티아 출신의 왼발잡이 윙 포워드다.

그 역시 엄청난 관심을 받고 레알 마드리드에 3년 전 입단했지만, 씨날두를 넘어서지 못했다.

"올 시즌에는 네 체력안배를 하려고 한다. 그러니까 후반전에는 시에치가 뛴다."

감독의 지시였기 때문에, 씨날두는 입술을 깨물었다.

당연히 그로서는 받아들일 수 없는 교체였다.

그렇다고 더 항거할 수는 없었다.

사실 오늘은 그가 생각하기에도 부진했으니까.

다만 지난 시즌까지는 아무리 부진했어도, 후반전 20분까지는 믿고 맡겼다.

너무 빠른 교체에 그는 당황할 수밖에 없었다.

더구나 체력안배라고 하지만, 자신은 전혀 지치지 않았다.

전반전에 득점하지 못했던 것.

새로 영입된 선수들과 아직 호흡이 맞지 않아서였다고 생각했는데, 감독의 생각은 다른 것 같았다.

그냥 교체가 아니라 '세대교체'라는 말로 그의 뇌리에 박히기 시작했으니.

입술을 질근질근 씹고 있는 씨날두의 귀에 또 한 명의 교체소식이 들려왔다.

"그리고 중앙에는 세비앙 대신 나단이 들어간다."

이 또한 세대교체의 시작이다.

그리고 그 세대교체의 중심은 누가 뭐래도 반디였다.

분위기로 봐도, 기술적으로 봐도.

특히, 그의 퍼스트 터치는 정말 남달랐다.

그것은 심지어 최근 팀 내 라이벌 구도를 형성하고 있는 씨날두도 인정하는 부분이었다.

헌데 그 못지않은 퍼스트 터치를 갖춘 게 바로 나단이었다.

다만 반디가 공을 자신이 가장 잘 차는 위치에 '세워' 두는 게 핵심이라면, 그는 달랐다.

그의 퍼스트 터치는 공이 갈 방향을 미리 정해주고 보낸다는 측면에서 차이가 있었다.

지금도 안토니오의 패스를 받아서 탄력 넘치게 공을 차 넣었다.

그를 마크하던 세바스티안.

순식간에 자신의 뒤로 공이 흘러들어 가는 게 보였다.

하지만 뒤 도는 세바스티안보다 계획 있게 밀고 들어가는 나단이 공의 소유권을 잡았다.

드리블하기 시작하는 나단.

그를 막으러 미드필더 하나가 더 붙었는데, 이미 늦었다.

속도를 붙이며 앞으로 나아갔다.

그리고 펑!

강력한 그 공은 슈팅처럼 앞으로 쏘아져 나아갔다.

물론 그것은 슈팅이 아니었다.

속도를 빠르게 한 이유는 반디의 퍼스트 터치를 믿었기 때문이다.

그 믿음을 배반하지 않는 반디.

왼발로 받아서 공을 정지시킨 후 오른발로 때렸다.

출렁!

드디어 레알 마드리드의 득점 장면이 나왔다.

반디는 자신에게 좋은 패스를 해준 나단에게 달려갔다.

그의 머리를 잡으며 자신의 머리에 맞대었다.

"고마워, 정말 고마워. 하하하."

그 모습을 보는 것은 수많은 관중.

필드 위에 동료들도 마찬가지였다.

다만 그 모습을 보는 눈빛이 다른 사람 하나가 바로 씨날두였다.

가뜩이나 교체당해서 기분이 나쁜 그의 귀에 세비앙의 목소리가 들렸다.

"잘하긴 잘하네."

단지 득점해서가 아니라, 반디의 간결한 스타일에 감탄하고 있었다.

하지만 씨날두는 인정할 수 없었다.

자신은 저런 플레이를 못 하는 게 아니라, 안 하는 것이다.

강력한 드리블이라는 무기.

그것으로 인해서 늘 적진을 헤집어 놓고 싶었다.

카타르시스가 넘쳐흐르도록. 그게 자신의 플레이였다.

옆에서 씨날두의 기운을 느꼈는지, 세비앙이 방금 한 말을 재빨리 바꿨다.

"1억 유로의 사나이잖아. 그지? 저런 패스가 앞으로 너에게 닿으면, 발롱도르는 문제없겠는데?"

"……."

"사실 전반전에 나단이 들어가서 플레이했다면, 벌써 몇 골을 넣었을 거야. 맞지?"

거의 아부와 같은 세비앙의 말에 씨날두는 즉시 자신을 위안했다.

"그래, 맞아. 저 패스가 나에게 왔어야 해."

드디어 찾았다.

반디가 득점한 이유를. 그리고 자신이 전반에 득점하지 못한 이유를.

그렇다면 이제 반대의 상황에 놓여서 실력을 입증하는 길이 남았다.

일단 오늘은 불가능했다. 이미 교체 아웃으로 나온 몸. 다시 들어가서 뛸 수는 없으니.

그래서 아이러니하게도 씨날두는 오늘 반디의 득점을 더 원하지 않았다.

팀의 패배를 바라는 것은 아니다. 당연히 팀은 승리해야 했다.

그러나 반디의 발에서가 아니라, 다른 이의 발에서 역전 득점이 나오기를 바랐다.

그의 염원이 통해서인지 모르겠지만, 타미의 중거리 슛이 깨끗하게 골망을 갈랐다.

2-1. 드디어 역전이 되었다.

분위기는 완전히 레알 마드리드 A팀으로 넘어왔다.

그리고 그 점수는 종료까지 계속 이어졌다.

수페르코파 데 에스파냐 1차전. 레알 마드리드 승.

그래도 패배한 카스티야 역시 많은 박수를 받았다.

팀의 핵심 멤버들이 빠진 상황에서, 그들은 전반전 내내 A팀을 압박했다.

확실히 레알 마드리드의 황금세대라고 칭해도 과언이 아니었다.

"이 정도면, 몇 명 더 올려도 됩니다. 이참에 세대교체를 시작하시죠."

아구스틴은 체르니에게 자신의 의견을 밝혔다.

현재 황금세대라고 칭해지는 카스티야 선수들의 승급을 말하는 것이다.

"좀 이른 감이 있어. 그런 데다가 마땅히 비는 포지션도 없잖아. 가일이 떠나고 윙 포워드 자리에 사람 하나가 필요하기는 하지만, 카스티야의 공격수들이 페드로 이상이라고 볼 수도 없으니까 말이야. 괜히 끌어 올려서 벤치에 앉히고 싶은 생각은 없네."

"그렇기는 합니다만, 세대교체를 생각한다면, 빨리 경험을 쌓게 하는 게 좋지 않겠습니까? 과감히 팔 수 있는 선수는 정리하고요."

"팔 수 있는 선수?"

"솔직히 주전으로 쓰기는 좀 뭐하고, 그렇다고 벤치에만 앉혀두면 불만이 쌓이는 애들이 몇 명 보입니다."

그건 사실이었다.

요컨대 세비앙과 같은 선수는 잉여자원이나 마찬가지다.

현재 나단도 들어와서 더더욱 그의 입지가 좁아졌다.

아구스틴이 실명을 지칭하지는 않았지만, 대충 누군지 체르니가 감을 잡았다.

"아직은 아닌 것 같아. 조금만 기다려보세."

"네? 네, 정 그러시다면야…."

아구스틴은 살짝 자신의 말이 먹히지 않은 것에 대해서 실망했다.

이제 본격적인 세대교체를 단행해야 한다는 생각이 굴뚝같았다.

그래서 훈련이 끝나고 귀가하는 도중에 하비에르에게 들려 이것을 푸념했다.

"아, 필요 없으면 팔아야지, 왜 붙잡고 있는지 모르겠습니다. 그래야 자금 회전도 잘 되고, 사실 벤치에 앉아 있는 녀석들도 다른 팀으로 옮겨서 주전 확보를 할 수 있지 않습니까?"

하비에르는 그 말을 듣고 웃었다.

풍채가 좋았던 그는 그동안 항암 치료하느라 상당히 살이 빠졌다.

그래서 얼굴 가득히 주름살이 더 늘어 보였는데, 목소리는 여전히 살아있었다.

"자네 여전하구먼, 하하하."

"네?"

"그 버릇, 필요한 선수와 필요 없는 선수를 가격으로 보는 그 버릇 말일세. 여전히 그 습관이 남아 있어. 내가 회장일 때에야 상관없지만, 지금 시대는 변했어. 로메오의 시대란 말이야. 그래서 살아남겠어?"

"그… 그런가요?"

"그렇지. 세대교체라는 말은 함부로 하면 안 돼. 체르니의 나이를 생각해 봐. 듣는 그 역시 나이가 많아. 결코, 기분이 좋지는 않을 거야. 그러니까 체르니에게는 다른 방식으로 접근해야 하네. 예를 들면, 부상이 있을지도 모른다. 그에 따른 인원 확보를 해야 한다. 이런 식으로 말해야 먹힌단 말일세. 하하하."

그 말을 듣고 아구스틴은 깨달았다.

역시 하비에르가 남다르다는 것을.

인간의 마음을 파악하는 능력. 그의 병과는 상관없이 여전했다.

다음날 기회를 엿보고 있던 아구스틴.

하지만 오늘따라 체르니는 전술훈련에 더더욱 공을 들이는 모습이었다.

전날 하비에르는 말을 할 때의 타이밍을 반드시 생각하라고 했다.

지금은 그 상황이 아니었다.

심지어 선수들도 도와주지 않았다.

최근 수차례 신구세력이 미묘한 신경전을 벌이고 있었다.

오늘은 세비앙이 반디에게 시비를 걸었다.

"이봐, 에스테반. 동선이 잘 못 됐잖아."

"동선이요?"

"그래. 수비를 끌고 왼쪽으로 나와야지. 그래야 씨날두가 중앙으로 침투하잖아."

반디는 겉으로 부드러워 보이지만, 속으로는 단단하기가 돌과 같았다.

그래서 세비앙의 말을 듣고 가만히 있을 수 없었다.

"전 지금 감독님이 말씀하신 동선대로 진행한 겁니다."

"우리가 기계야? 전술에는 탄력성이 존재해! 생각 없이 감독의 지시대로 따르다가는 로봇이 된다고. 그것도 모르고 승급한 거야?"

"네, 잘 몰랐습니다. 신인은 일단 감독의 눈치를 봐야 하니까요."

"뭐야?"

세비앙의 목소리가 커지고 있었다.

사실 그의 말은 기존 선수들의 불안함을 내비치는 것이나 다름없었다.

신진 선수들에게 밀릴지도 모른다는 심리.

그래서 일부 선수들이 씨날두를 중심으로 뭉치고 있었다.

씨날두는 이 장면을 흥미롭다는 표정으로 가만히 지켜보았다. 물론 마음속으로는 세비앙을 응원하면서.

그때 전술교대를 준비하던 칸제마가 뛰어들어갔다.

"잠깐만, 잠깐만. 세비앙, 왜 이래? 흥분하지 말고. 아직 경험이 없어서 그러니까, 네가 참아."

"뭘 참아? 아니, 내가 왜 참아?"

"참으라니까. 에스테반, 잠시 들어가 있어. 어차피 내 차례야. 내가 하는 것 잘 보고 배워."

칸제마는 일단 세비앙의 흥분을 가라앉히고 반디와 교대하려고 했다. 동시에 그는 타미에게 눈짓했다.

타미가 그 눈짓의 의미를 모를 리가 없었다. 반디에게 다가가 엉덩이를 두드리며 속삭이듯이 말했다.

"아이고, 아가야. 네가 참아라. 하하하. 늘 잘하는 선수가 들어오면 기존 선수들의 마음이 좁아지거든. 알지? 그러니까 참아."

"네? 저 화 안 났어요. 하하하. 걱정하지 마세요. 그럼 잘 배우겠습니다. 칸제마의 플레이는 항상 배울 점이 많아서."

웃는 그를 보며 타미 역시 미소를 지었다.

말귀를 잘 알아듣는 것 같았다. 거기다가 칸제마를 띄워

주고 세비앙에게는 사과도 하지 않았다.

나름대로 자신의 자존심까지 세웠다.

멘탈이 나쁘지 않았다. 타미는 그렇게 판단했다.

한편, 멀리서 전술훈련을 지켜보던 체르니는 탐탁지 않은 표정을 지었다.

"또 저러는군."

"그러게요. 벌써 몇 번째네요. 그나마 칸제마와 타미가 중재를 잘해주고 있어서 다행입니다. 코칭 스태프가 끼면, 편애한다, 뭐한다 말들이 많아서 원. 쯧쯧쯧."

아구스틴이 혀를 차며 말했다.

"이래서 내가 카스티야의 선수들을 더 올리지 못한다고 말한 거야. 지금 만약 새로운 선수들의 힘이 더 세진다면, 기존 선수들은 상실감이 클 거니까. 그럼 기강도 바로 서지 않을 거고, 알잖아. 팀워크가 리그 운영할 때에는 생명이라는 것을."

"아… 알죠."

"그러니까 잠시만 참아 봐. 언제나 세대교체는 자연스러운 게 좋단 말이야. 알았지?"

"네."

오늘 준비해 온 말이 다 사라지는 순간이었다.

하지만 체르니의 말도 일리가 있어서 항변할 수 없었다.

어쩔 수 없이 시선을 돌려 필드에서 걸어 나오는 반디를 보니 뜻밖에 표정이 밝아 보였다.

그제야 느꼈다. 반디는 나름대로 성장하는 중이라는 것을.

칸제마의 성격도 나쁘지 않지만, 지금까지 반디는 항상 사람을 잘 다루었다.

반드시 극복할 것이다. 지금의 이 갈등을.

아구스틴은 그렇게 믿었다.

그리고 그때가 되면 체르니도 서서히 세대교체를 단행하리라 생각했다.

다만 클럽은 생각지도 못하게 강제 세대교체를 맞이할 때가 발생했다.

그게 바로 부상이었고, 그 주인공은 바로 칸제마였다.

NEO SPORTS FATASY STORY

칸제마가 큰 부상을 당한 것은 아니다. 약 한 달간 경기에 출전하지 못한다는 말을 들었다.

이제 그를 제외하고 레알 마드리드의 포워드가 두 명이 남았다.

그중 한 명이 반디였고, 나머지 하나가 이번에 임대에서 복귀한 시돈차였다.

현재 나이 24세인 그는 올 시즌에도 자리를 잡지 못하면, 장래가 어둡다고 생각했다.

벌써 2년 동안 임대를 전전했다.

그리고 나름대로 열심히 해서, 지난해만 해도 10득점을 올렸다.

풍운의 꿈을 안고 레알 마드리드에 다시 복귀해서 두 번째 스트라이커를 노렸는데, 복병이 탄생했다.

그게 바로 반디였다.

그의 머릿속에 강력하게 그려지는 글자, 이적.

당연히 에이전트에게 팀을 물색해보라고 했고, 그 결과 세리에 A와 프리미어리그에서 오퍼가 들어온 상태였다.

그런데 이적기간이 일주일 남은 상황에서 칸제마가 부상당했으니 고민이 될 만도 했다.

더군다나 체르니가 그와 단독 면담을 원했다.

'이적하지 말라는 말을 하겠지?'

이제 남은 스트라이커는 자신과 반디였다.

최소한 한 달, 그 기간에 칸제마가 빠져 있는 상황에서 자신이 이적하면 팀 운용에 문제가 생길 것이다.

"이적에 대한 이야기를 들었다. 어느 팀이지?"

"AS 파르마입니다."

"흠. 새로운 구단주가 부임한 곳이구나. 재정상태도 좋아졌고."

"네."

시돈차는 고개를 끄덕였다. 체르니의 말을 인정한 것이다. 그의 말대로 AS 파르마의 재정은 눈에 띄게 좋아졌다. 그래서 레알 마드리드의 문턱을 두드리는 것이었다.

"그래. 지금까지 기회를 주지 못해서 미안했다. AS 파르마가 너에게 맞는 팀이 되기를 기도하마. 그 말 하려고 불렀다."

"네…."

예상외였다. 자신에게 남아달라는 부탁을 할 줄 알았는데, 오히려 행운을 빌어주고 있었다.

서운하기도 했지만, 잠시 생각해보니 체르니는 이런 사람이었다.

클럽의 이익을 위해서 무조건 선수의 희생만을 강요하는 지도자가 아니었다는 말이다.

약 일주일 후면 이적기간이 끝난다.

칸제마의 한 달 부상을 막아보자고 시돈차를 잡는다는 것.

체르니의 철학에 맞지 않았다.

그래서 그를 이해했다. 지금 선수를 잡으면 '주전' 이라는 먹잇감을 던져주고 그 마음을 이용하는 것이나 마찬가지다.

시돈차가 알기로, 체르니는 그런 사람이 아니었다.

물론 후회하지 않는 사람은 없었다.

체르니 역시 자신의 이런 성격이 가끔 후회스러울 때가 있었다.

지금도 속마음과는 다른 말이 나왔다.

시돈차를 붙잡고 남아달라는 말을 하고 싶었으니까.

머리와 가슴이 따로 놀았다. 그를 붙잡아야 한다는 이성과 그를 위해서라면 보내줘야 한다는 감성.

오히려 이런 때에는 아구스틴이 더 단순명료했다.

면담을 마치고 나오는 시돈차를 붙잡고 아구스틴이 물었다.

"이봐, 감독님이 뭐라셔?"

"그냥… 가서 잘 활약하라고."

"그래? 안 붙잡았단 말이야?"

"네, 행운을 빌어주셨어요."

그의 이야기를 듣고 아구스틴은 속으로 고개를 저었다. 결국, 체르니는 선수의 앞날을 위해서 붙잡기를 포기한 것이다.

"이 봐? 지금이 좋은 기회잖아. 포워드 가용 인원이 두 명밖에 없어. 클럽이 한 해 얼마나 많은 경기를 치르는지 몰라? 개인으로 봐도 국가 대표 경기가 있어. 칸제마는 부상에다가 국가 대표 경기 뛰고 오면, 회복 기간이 필요하다고."

"그래도 에스테반이 있지 않습니까? 저에게 기회는 오지 않을 거예요."

"무슨 소리야? 에스테반은 아직 애송이라고. 감독님은 경험 많은 선수를 좋아하는 것 몰라?"

"그런가요?"

"당연하지. 다시 한 번 생각해봐."

시돈차도 심지가 굳은 유형이 아니다. 망설임의 순간이 길었고, 일단 카스티야와의 두 번째 경기가 찾아왔다.

예상을 깨고 반디가 아닌 그가 선발로 나왔다.

체르니는 올 시즌에 로테이션을 가동할 생각이었던 것이다.

지난 경기에 반디였으니, 이번에는 칸제마였다.

그런데 불의의 부상으로 어쩔 수 없이 시돈차를 내보냈으니.

벤치에서 대기하는 반디는 시돈차에게 주먹 하이파이브를 권하며 이렇게 발했다.

"오늘 해트트릭 부탁해요. 하하하."

"나도 그랬으면 좋겠다."

자신을 응원하는 반디를 두고 드디어 필드의 잔디를 밟았다.

그런데 카스티야는 그가 등장하자 꽤 당황하는 모양새였다.

칸제마의 부재는 곧 반디의 주전 확보.

이렇게 밑그림을 그렸는데, 스타일이 확연하게 다른 시돈차가 나오자 수비진이 흐트러졌다.

시돈차는 화려한 플레이를 하는 선수는 아니었다.

다만 스페인에 몇 없는 유형인, 포스트 플레이가 가능한 선수였다.

씨날두도 그가 출전하자 적극적으로 페널티 에어리어에 들어왔다.

퉁!

페드로의 크로스가 시돈차의 머리를 맞추었다.

그리고 떨어지는 공을 씨날두가 잡았다.

그는 한 번 더 치고 페널티 에어리어 안으로 들어갔다.

"저런!"

그 장면을 본 아구스틴이 화를 냈다.

처음 공이 떨어졌을 때, 바로 슛을 해야 했다고 생각했다.

지금 수비진이 이미 그를 막으러 나타난 것을 보며, 더더욱 그의 속이 부글부글 끓었다.

자신이 감독이었다면, 이번 경기도 절반쯤 뛰게 하고 바로 바꾸려고 했을 것이다.

전반전에 씨날두가 놓친 기회가 벌써 세 차례였으니까.

0-0으로 비긴 전반전 종료 상황.

라커룸의 분위기가 그래서 좋지 않았다.

전술지시를 하는 감독과 그것을 듣는 선수들이 따로 노는 기분이었다.

사실 체르니는 하프타임에 무언가를 하려는 감독은 아니다.

그는 선수를 믿으며 격려하는 타입.

레알 마드리드의 선수들은 더더욱 그래야 한다고 생각했다.

개성이 강한 이들. 그리고 축구계에서 특별한 존재들만으로 구성되었기에 존중해 주는 것이다.

그래서 짧은 작전 시간에 선수들에게 자유시간을 주었다.

이럴 때에는 늘 경험 많은 선수들이 잘 다독여가며 후반을 준비했다.

오늘은 조용했다. 너무나 조용해서 누군가의 속삭임소리까지 들렸다.

(씨날두도 이제 한물갔나 봐. 나이는 못 속여, 그지?)

(조용해…, 페드로!)

페드로였다. 반디의 귀에 대고 하는 소리였지만, 씨날두의 귀에는 그 내용이 들렸다.

그는 분노했다. 그러나 발끈하지 않았다.

페드로의 이야기를 못 들은 이들이 더 많았기에, 자신이 그것을 노출하기 싫었다.

그렇다고 페드로를 가만히 두길 원하지도 않았다.

한껏 노려보았다. 자신과 눈이 마주친 이 애송이가 고개를 숙이도록 만들 때까지.

물론 페드로는 고개를 숙이지 않았다. 시선을 돌리기는 했지만, 완전히 씨날두를 만만히 보고 있었다.

씨날두는 일어섰다. 그리고 가장 먼저 라커룸에서 나갔다.

나가면서 그는 생각했다.

하나 남은 자존심.

결국, 그것을 세울 수 있는 것은 바로 득점이었다.

주먹을 쥐고 필드로 나가는 그의 등에 불꽃이 활활 타오르는 것처럼 보였다.

그러나 자존심만으로 축구를 할 수는 없었다.

자신을 증명하기 위해서는 무언가 필요했는데, 슬럼프에 빠진 선수들은 그것이 무엇인지 잘 찾지 못했다.

지난번 유럽 슈퍼컵에서부터 씨날두는 슬럼프에 빠진 것으로 보였다.

아니면 그 이전 레알 마드리드가 챔피언스 리그를 또 품에 안았을 때부터였는지도 모른다.

사실 열정을 잃었다.

자신을 자극해줄 것을 찾지 못했기에.

무려 10년 동안 팀 내 최고였던 선수에게 찾아온 슬럼프.

레알 마드리드에 암운이 드리워졌다.

"교체해 줘야 하지 않을까요?"

"음…."

아구스틴이 옆에서 조급하게 떠들자, 체르니가 잠시 망설였다.

지난번에도 전반만 뛰게 했다.

오늘도 그렇게 한다면 자존심을 다치게 될 것이다.

또한, 이 시점에서의 교체는 씨날두의 전성기가 내리막길을 가고 있다는 증명이기도 했다.

그러기는 싫었다.

비록 씨날두가 약간 개인주의적인 성향을 지녔기는 해도, 그는 레알 마드리드의 레전드였다.

"잠시만 기다리세. 아직 밀리고 있는 것도 아니지 않은가?"

"그렇지만 한 방이면 전세 역전입니다. 지난번 2-1로 이겼고, 오늘은 카스티야의 홈구장입니다. 원정 다득점 원칙으로 우승을 넘겨줄 수도 있습니다."

아구스틴은 더 큰 목소리로 주장했다.

그래도 체르니는 그 말을 듣지 않았다.

오히려 아구스틴에게 눈짓하며 목소리를 낮추라는 시늉을 했다.

다른 선수들이 듣지 않는 게 좋겠다는 신호.

늘 그렇지만 체르니는 공개적으로 선수를 비난하지 않았다.

이와는 별개로 반디는 계속해서 몸을 풀고 있었다.

언제라도 나갈 준비를 하라고 후반전에 체르니가 지시한 것이다.

그리고 후반전 중반이 지났을 때, 드디어 체르니는 그를 중앙선으로 불렀다.

"에스테반, 지난번에 간결한 플레이도 좋다. 하지만… 난 네가 많은 것을 생각하기 바란다."

반디는 그 말을 듣고 한참 생각했다.

어려운 말이다. 하고 싶은 말이 있는 것 같은데, 자신에게 표현하지 않는 체르니.

그런데 반디는 곧 고개를 끄덕이며 미소 지었다.

"알겠습니다. 원하시는 대로 될 거예요. 하하하."

원하는 대로 이루어진다는 반디의 확신.

체르니는 제발 그랬으면 좋겠다는 표정으로 그를 내보내며 옆줄에 섰다.

현재 레알 마드리드의 근원적인 문제는 바로 씨날두였다.

지난 시즌 뚜렷한 하향 곡선을 그렸다.

그럼에도 불구하고 계속해서 그를 믿어준 체르니.

결국, 챔피언스 리그 트로피를 안았다.

이게 팬들의 기대감만 키워놓은 셈이 되었다.

서른네 살이었을 때도 전성기 수준인 씨날두는 서른다

섯일 때도 마찬가지일 거라는 기대.

선수들도 마찬가지다.

팀의 중심이 씨날두가 아니었던 적이 없었다.

만약 중심이 이동해야 한다면, 그것은 서서히 옮겨가야 한다.

그렇지 않으면 큰 붕괴를 겪을 것으로 생각했다.

그래서 체르니는 염원했다.

씨날두의 전성기가 올 시즌까지 가기를.

쑥쑥 자라는 미래의 월드클래스들이 버틸 수 있을 때까지 활약해주기를 바랐다.

그 마음을 담았다. 반디를 내보낼 때 한 의미심장한 말은.

그리고 반디는 과연 그의 기대를 저버리지 않았다.

유럽 선수들에게 '희생' 이라는 말은 사실 거의 없는 수준이다.

거기다가 스테파노에게 반디의 '욕심' 까지 들은 상태였다.

그럼에도 불구하고 반디의 플레이가 이타적으로 변했다.

들어가자마자 나단의 귀에 무언가를 속삭인 반디.

잠시 후 빠르게 자신의 자리로 들어갔다.

페드로를 대신해서 들어갔기에, 오른쪽 측면에서 뛰었다.

달려가는 그에게 나단의 패스가 빠르게 나아갔다.

"저놈 잡아!"

세바스티안이 반디를 보며 소리쳤다.

하지만 반디의 드리블은 한 명을 충분히 제칠만큼 성장했다.

작년에 같이 뛰었던 퀸끄가 그의 교묘한 발기술에 속았다.

그를 제치고 이번에는 오른쪽에서 중앙으로 뛰어들어갔다.

그러자 반디에게 옛 동료들이 두 명이나 붙었다.

그의 침투를 허락하지 않는다는 의미였다.

그래서 다시 나단에게 주고 빠졌을 때, 반디가 간 방향은 페널티 에어리어 안쪽.

포스트 플레이를 하던 시돈차가 수비 한 명을 이끌어내며 빠져주었다.

공간이 났을 때, 침투하는 반디의 순간 속도가 눈부셨다.

씨날두 전성기 때의 속도를 반디에게 보는 것 같았다.

그가 가장 잘했던 시기의 스피드 말이다.

한 단계 더 성장한 모습.

씨날두도 보고만 있을 수는 없었다.

그 역시 지지 않겠다는 듯이 침투해서 들어갔다.

두 명이 들어가면 상대 수비가 혼란스러워 할 것이 분명했다.

그리고 인정하기 싫지만, 수비수들은 자신이 아닌 반디를 막으러 갈 것이다.

그럼 기회가 난다. 기회를 통해 득점에 깨끗이 성공하면, 지금까지 못 했던 것은 단번에 만회할 수 있다.

기대하고 나단을 바라본 씨날두.

쉬이익.

하지만 나단은 빠른 패스를 통해서 반디를 선택했다.

턱!

반디의 퍼스트 터치는 고무공과 같았다.

그것이 바로 페널티 에어리어에서 강력한 위협이 되는 이유였다.

그 때문에 두 명이 그를 집중 마크했던 상황.

골문을 등질 수밖에 없던 반디는 공을 가슴으로 받고 오른발로 찼다.

등지고 찬 것은 슛이 아니다.

가장 완벽한 패스가 그의 발에서 나왔다.

쾅!

굴러오는 공을 강력하게 차는 한 사람.

분노를 담았기에 마치 공에 불이 붙는 것 같았다.

그리고 자신도 믿지 못하는 표정으로 골문을 바라보았다.

아직도 돌고 있었다. 씨날두가 찬 그 공이.

그가 반디를 바라보았다.

반디 역시 그를 바라보았다.

아니 보는 것뿐만이 아니라 씨날두에게 달려오고 있었다.

그리고 연인을 안 듯 으스러지게 씨날두를 안으며 축하의 인사를 건넸다.

"역시 레전드에요, 또 한 번 배웠습니다. 하하하."

씨날두의 기분은 묘했다.

그에게 먼저 손을 내민 반디를 보면서 이루 형언할 수 없는 감정에 사로잡혔다.

같은 장면이 지난 시즌까지 나왔을 때, 당연한 것으로 여겼다.

그런데 지금은 아니다.

이제 씨날두는 느꼈다.

'세상의 중심은 나' 라는 생각에서 이제 그 중심이 이동된다는 것을.

경기가 끝나고 회복훈련을 하는 날 세비앙이 하는 말도 귀에 잘 들어오지 않았다.

"역시 레알 마드리드는 씨날두가 중심이 되어야지. 지난번 결승골 멋졌어. 하하하."

"……."

씨날두의 대답이 없자 머쓱해진 세비앙. 그러다가 그의

시선을 따라가 보았다.

씨날두는 반디를 보고 있었다.

열심히 회복훈련을 하는 중에 친구들과 장난치고, 금세 자신의 편으로 만든 레알 마드리드의 동료들과 친하게 지내는 모습.

그것이 세비앙의 눈에도 자리 잡혔다.

“저 녀석 참….”

“묘한 놈이지?”

세비앙의 입에서 나온 말이 씨날두가 받았다.

그렇게 카스티야를 1-0으로 꺾었지만, 레알 마드리드가 지난 시즌보다 못하다는 사실을 또 한 번 노출했다.

이에 대해 마드리드 신문의 루에카는 강도 높은 비평을 가했다.

세대교체를 더 늦추면 레알 마드리드의 부진으로 이어질 수 있다는 주장.

맨체스터 유나이티드도 바이에른 뮌헨도 그 과정을 거치며 부진의 늪에 빠졌다는 예까지 들었다.

이런 주장이 더 힘이 실리는 이유.

개막전 세비야와의 경기에서 패배를 당했다.

0-1 패배이다 보니 공격진이 비난을 받기 시작했다.

사실 전반전 시작하자마자 나단이 부상당해서 꼬인 경기였다.

중앙에서 공백이 생겼고, 그 자리를 대신해서 들어간 세비앙이 제 몫을 해주지 못했다.

그러다 보니 패스 공급이 원활하지 않아, 반디에게 제대로 공이 오지 않았다.

한편 씨날두는 드리블을 자제하려고 노력했다.

드리블을 아예 하지 않는다는 게 아니라, 현실과 타협하는 것이다.

이미 순간 스피드가 많이 죽은 상태였다.

예전 맨체스터 유나이티드 시절, 노장 라이언의 플레이를 떠올리며 임한 경기.

그러나 새로운 스타일을 감수하는 데 시간이 걸릴 것 같았다.

자신의 무기가 안 통한다고 생각하니 혼란스러워하는 모습을 보이다가 결국 후반전 20분경 교체당했다.

언론은 더더욱 집중적으로 공격진의 부진을 성토했다.

세대교체라는 말을 이제는 모든 언론사에서 언급하기 시작했다.

만약 세대교체에 실패할 경우 레알 마드리드는 올 시즌 큰 위기를 맞이할 것이라는 예상을 내놓았다.

전문가들은 압박했다.

체르니 감독이 이를 극복하기 위해서 빠른 해법을 마련해야 한다며.

아틀레틱 빌바오와의 두 번째 경기에서 0-0으로 비기자, 여론이 들끓었다.

지난 시즌 3관왕을 했기에 더 기대치가 높아진 팬들.

이제 체르니도 심각하게 고민해야만 했다.

두 경기 연속 무득점.

거기다가 이번 경기에서는 중앙 미드필더 타미가 부상당했다.

초반에 너무 부상자가 많아졌다.

벌써 세 명째다.

이제 다음 경기 엔트리 짜는 게 어려워졌다.

일단 체르니도 고민하지 않을 수 없었다.

그래서 찾아간 곳은 카스티야의 훈련장.

체르니가 노감독이기는 하지만, 예의를 아는 사람이었다.

자신보다 더 젊은 카스티야의 스테파노를 존중하려는 행동.

보통은 1군에 와서 좋은 선수들을 추천해달라는 게 다른 감독들이 하는 방법인데, 그는 그러지 않았다.

더구나, 자신의 눈으로 선수들을 확인하는 게 좋을 거라는 생각도 한몫했다.

"저번에 경기할 때도 느꼈지만, 진짜 황금세대가 맞는 것 같습니다."

"네, 무럭무럭 자라고 있습니다. 먼저 보낸 아이들을 바라보며 훈련에 매일 매진하면서요."

체르니의 덕담에 스테파노가 웃으면서 답했다.

목소리에는 자신감이 듬뿍 들어있었다. 누구를 보내도 잘할 것이라는 자부심이 엿보였다.

일단 A팀에 필요한 포지션은 좌우 윙과 중앙 미드필더였다.

수비수와 풀백도 더 갖추면 좋겠다는 생각에 한참을 주시한 체르니.

그가 와있다는 것을 알고 선수들은 더 열심히 뛰는 것 같았다.

"이따가 반디에게 연락해야 하나 봐. A팀에 선수가 더 필요하다고 하더니, 직접 감독이 왔네."

"그러게. 이건 기회야. 그러니까 어떻게 골 좀 안 되겠니?"

연습 경기를 하고 있는 도중이었다.

살짝 마리오에게 청탁(?)하고 있는 빅토르.

멋진 골 장면으로 체르니의 결정에 도움을 주고 싶었다.

마리오의 입장에서 당연히 그럴 수는 없었다.

그 역시 살아야 했다. 먼저 올라간 반디와 페드로가 너무도 부러웠기에.

그렇게 한참 뛰고 훈련이 끝났을 때, 빅토르가 먼저 반디에게 전화했다.

(반디야, 나 빅토르.)

"응? 왜?"

(체르니 감독이 카스티야에서 선수를 선발한다는데, 혹시 뭐 들은 거 없는지 해서.)

"전혀. 난 모르고 있던 일인데?"

(아, 그래? 오늘 사실 체르니 감독님이 오셨어.)

"카스티야에?"

살짝 놀란 반디. 선수들을 추가 승급한다는 이야기는 듣지 못해서 뜻밖이었다.

(아무튼, 만약 기회가 생긴다면, 말 좀 잘해주라. 솔직히 말하면, 페드로가 거기서 뛰는 게 배 아파 죽겠어.)

"하하하. 알았어."

반디는 웃으며 전화를 끊었다.

그런데 빅토르와의 통화가 끝나니까 이번에는 마리오에게 연락이 왔다.

비슷한 내용이었기에, 반디는 같은 답변을 해야 했다.

사실 반디도 궁금했다.

이들에게 처음 듣는 이야기였고, 진짜 올라온다면 옛 친구 중 하나였다면 좋겠다는 생각을 했다.

그러나 체르니에게 직접 물어볼 수는 없었다.

다행히 아구스틴이 있었다.

"글쎄다, 아직 결정을 못 하신 모양이야."

"그 말은 승급시키는 게 확정되었다는 말이군요."

"맞아. 그것은 내부적으로 확정되었어. 다 네 덕분이지."

자신 덕분이라는 말에 잠시 눈을 크게 뜨는 반디.

그 표정을 보고 아구스틴이 미소를 지으며 말했다.

"정확히 말하면, 앞으로가 중요하다. 레알 마드리드가 바뀌고 있으니까. 아직 성급한 감이 없진 않지만, 올 시즌도 벌써 셋이나 올라왔다. 안토니오는 완전히 자리를 굳혔고, 칸제마도 부상 중이니 너에게 기회가 온 거야. 여기서 더 잘해준다면, 레알 마드리드의 유소년 시스템을 거치고 올라온 유망주들에게 물꼬를 완전히 터주게 되는 거지."

반디는 그 말을 듣고 고개를 끄덕였다.

미구엘 등 예전 스승들에게 영향을 받은 반디.

그가 클럽을 바꾼다는 이야기를 했을 때, 그것을 믿는 사람들은 거의 없었다.

처음에는 미미했다.

그러나 지금은 작은 눈덩이가 어느새 큰 눈사태를 만들기 일보 직전이 되었다.

아무튼, 오랜만에 반디는 친구들에게 소집 명령을 내렸다.

기쁜 소식을 하루빨리 알려주고 싶기도 했고, 보고 싶기도 해서 그들을 부른 것이다.

훈련을 마치고 클럽에서 만나기로 했다.

가장 먼저 나온 것은 페드로. 그다음이 빅토르였다.

페드로는 목에 힘이 잔뜩 들어간 상태에서 빅토르를 바라보았다.

"어때? 아래 공기는?"

"너… 죽을래?"

"킥킥킥. 미안, 농담이다. 그나저나 오늘 알지?"

페드로의 눈빛이 묘해졌다.

빅토르 역시 같은 눈빛을 하며 고개를 끄덕였다.

이들은 오늘 여기에 오기 전에 전화로 모종의 계획을 짰다.

"그럼. 준비는 다 해놓았지?"

"여자야 원래 내가 전문이지. 킥킥킥."

여자와 관련된 모종의 음모.

이 둘은 그 일을 상상하며 시시덕거리고 있었다.

그때 마리오가 도착했다. 그는 자리에 앉자마자 이들이 웃는 이유를 궁금해했다.

"왜들 웃고 있어? 같이 좀 웃자."

"아, 맞다. 너한테도 이야기해야 했는데. 어제 전화를 통 받지 않아서."

"어제… 좀 바빴어."

"바빠? 아하, 까밀라 만났구나!"

마리오는 빙그레 웃으며 부정하지 않았다.

요즘 그 역시 연애 전선에 불이 타올랐다.

친구의 전화를 받지 못했다는 것은 여자 친구와 함께 있었다는 의미.

그래서 부러운 눈빛으로 페드로가 말을 이었다.

"아냐! 난 부럽지 않아. 자유로운 게 좋아. 누군가에게 속박되기는 너무 젊은 나이야. 아무튼, 간에… 너 오늘 낄 거야, 말 거야?"

"응? 뭔 소리야?"

"오늘 빅토르랑 나랑 작전을 짰거든. 좀 있으면 아주 멋진 여자들이 올 거야. 어때? 넌 낄 거야, 아니면 까밀라에게 순정을 지킬 거야?"

"……."

가끔 있는 일이었다.

스페인의 청춘들은 밤을 홀로 보내기에 매우 열정적이었기에.

그래서 페드로가 자신의 명성(?)을 이용해서 여자들을 컨택해 놓았다고 한다.

그러나 여자 친구가 있는 반디와 마리오에게는 미리 말하지 않았다.

그 말을 듣자마자 마리오는 당연히 거절하려고 했다.

요즘 한창 여자 친구에게 충성을 바치는데, 이상한 소문이 나는 것을 원하지 않았다.

그래서 안 된다는 말을 꺼내려고 하는데, 페드로가 갑자기 손을 흔들었다.

마리오는 그가 손을 흔드는 대상에 시선을 돌렸다.

그리고…

'꿀꺽….'

자신도 모르게 침이 넘어갔다.

늘씬하며, 나올 곳은 나오고 들어갈 데는 아주 잘 들어간 네 명의 미녀들이 다가오고 있었다.

그들이 더 가까이 오자 정체를 알아본 마리오.

유명한 모델들이었다.

새삼 페드로의 여자 인맥이 넓다는 것을 깨달았다.

프리메라리가의 레알 마드리드 선수.

그거면 된다. 주변의 여자들에게 충분히 추파를 던질 만큼 유명한 명함이니.

마리오는 자리에 앉은 그녀들이 미소를 지으며 인사할 때 가슴까지 두근두근 댔다.

그것을 보고 페드로가 묘한 미소를 지으며 입을 마리오의 귀에 가져갔다.

(어때? 오늘 빠질래?)

페드로의 유혹. 악마의 그것과 같았다.

(반디는? 아만다를 두고 낄 것 같아?)

(저번에 슬며시 물어보았는데, 아직 아만다랑 진도도 못 나갔더라고. 그러니까 오늘 실습 좀 시켜줘야 할 것 같아. 다 너희를 위해서야.)

반디와 마리오를 위해서라는 미명아래 페드로는 웃었다.

마리오가 거절 못 하는 것을 보고 더더욱 확신했다.

반디 역시 앞에 있는 미녀의 늪에 빠져서 헤어나오지 못하리라.

일단 오기만 하면 작전대로 진행될 것이라는 생각.

때마침 반디가 도착했다. 그는 호기심 넘치는 눈으로 자리에 앉았다.

"무슨 일이야? 이분들은…."

"어머! 에스테반이다. 정말이네요. 허풍 아녔네요."

한 여자가 호들갑을 떨었다.

레알 마드리드의 촉망받는 유망주의 인기는 모델계에도 쫙 퍼졌다.

언젠가 엄청난 연봉으로 큰 부자가 될 거라는 예상도 지배적이었다.

당연히 이들에게 반디는 백마 탄 왕자가 되기에 충분했다.

거기다가 얼굴도 잘생겼으니, 네 명의 여자 다 반디를

뚫어지게 쳐다보았다.

“이 봐요. 누구를 허풍쟁이로 아시나? 그리고 오늘 네 명의 여자와 네 명의 남자라고요. 모두 한 남자만 노리는 구도는 좀 실망이다….”

“이게 지금 무슨 소리야?”

반디는 영문을 모르는 표정으로 페드로를 보았다.

(무슨 소리기는 오늘 내가 너 남자 만들어준다는 거지. 걱정하지 말고, 이 형아가 하자는 대로 따라와라.)

페드로는 반디 역시 마리오처럼 넘어오리라고 확신했다.

물론 자신의 기준이다.

아무리 여자 친구가 있어도, 가까이 있는 미녀가 더 눈에 들어오는 법이다.

모든 남자는 다 그렇다.

그래서 반디도 자신의 예측 범위를 넘어서지 못할 것으로 보았는데, 반디가 당황하는 얼굴로 말하기 시작했다.

“안 돼, 오늘 아….”

“안 되긴 뭐가 안 돼. 그냥 내가 하자는 대로 따라오라니까. 아, 나….”

“그게 아니라, 오늘 아….”

“그게 아니긴 뭐가 아니야? 그냥 이 형아를 믿고 따라와.”

페드로는 답답하다는 듯이 반디의 말을 계속 막았다.

목까지 말랐다. 그래서 맥주 한 잔으로 목을 축이는데, 여자들 뒤에 누군가가 서 있었다.

"푸앗! 아만다! 네가 여기에 웬일이야?"

"반디가 같이 오자고 해서 왔지. 나오길 잘했네. 이래서 반디에게 너랑 놀지 말라고 한 거야."

"……."

망했다는 표정. 페드로의 얼굴에 잔뜩 새겨져 있었다.

모델들은 눈치를 보며 자리에서 일어났다.

그들은 알았다. 아만다가 반디의 여자 친구라는 것을.

이럴 때에는 빠져주는 게 상책이었다.

친구들과 헤어지고 나서 반디는 아만다를 데려다 주고 있었다.

아만다는 다시 한 번 느꼈다.

반디를 그냥 두다가는 누구에게 빼앗겨 버릴 것 같은 두려움을.

그것이 그녀의 입에서 이런 말이 나오도록 했다.

"오늘 집에 들어가기 싫어."

쑥스러운지 목소리가 거의 들리지 않는 것 같았다.

특히나 반디는 운전하느라 그녀가 무슨 말을 했는지도 알아채지 못했다.

그러자 살짝 목소리를 높이는 아만다.

"나… 오늘 집에 안 들어가고 싶어."

반디는 이제야 아만다가 하는 말을 들었다.

하지만 잘 못 들은 줄 알았다.

다시 한 번 되물었다.

"응. 응? 뭐라고 했어?"

"집에 안 들어가고 싶다고. 오늘… 같이 있고 싶어."

끼이이익!

반디는 차를 급정지하며 갓길에 세웠다.

밤이라 그런지 차도에는 차가 많지 않았다.

사고가 났었을지도 모르는 순간.

"지금…."

"몰라."

아만다가 볼을 붉히며 지갑으로 얼굴을 가렸다.

그러나 그녀는 눈만은 내밀어 반디의 눈을 똑바로 바라봤다.

반디의 대답을 재촉하는 아만다.

그녀의 눈빛은 무언의 압박이다.

그리고 반디의 눈빛은…

웃고 있었다. 아만다가 지금 하는 말과 행동이 마치 귀엽다는 듯이.

"알았어. 사실 너와 함께 가고 싶은 데가 있었어."

"……."

아만다의 눈이 동그랗게 변했다.

함께 가고 싶은 곳이라니? 혹시 피 끓는 청춘 남녀가 자주 가는 곳을 말하는 것인가?

하긴 반디도 남자다. 사귄 지 벌써 5개월이 다 되어간다.

자신에게 손도 안 대는 그가 이상해 보였다.

역시 참고 있었던 게 분명했다.

반디의 자동차 가속 페달을 밟는 속도가 빨라질수록 더 기대되었다.

자동차 창문 밖으로 그녀가 아는 곳이 나왔다.

외할아버지 손잡고 쫓아다니면서 마드리드 시내에 많은 호텔을 다녀봤다.

그중 하나가 방금 지나쳤다.

그녀가 알기로 저 호텔이 마드리드에서 가장 좋았는데.

그래도 이 방향으로 가면 비슷한 급의 호텔이 하나 더 있었다.

그녀의 심장이 두근두근 뛰었다.

호텔이 가까워져 오면 올수록 더.

쿵쾅쿵쾅.

그녀의 귀에 들리는 이 심장 소리.

혹시라도 반디에게 들릴까 봐 봉긋 솟아오른 가슴을 자신의 오른손으로 가볍게 눌렀다.

그러다가 속옷이 생각이 났다.

좀 더 좋은 것으로 입고 왔었어야 했는데.

혹시나 모를 일 때문에 늘 최고급으로 입었는데, 오늘은 또 아니었다.

이렇게 갑작스러운 행사(?)가 있을지 예상도 못 했으니까.

그런데 그녀가 생각하던 그 호텔도 지나쳤다.

혹시 돈이 없는 것일까?

그렇다면 걱정할 필요가 없었다.

그녀도 돈이든 카드든 다 가지고 있었으므로.

그렇다고 그 말을 하기는 너무 부끄러웠다.

자신이 값을 치를 테니, 저 호텔로 가자고. 아니 아까 가장 좋은 호텔로 갈 수도 있다고.

하지만 아만다의 성격은 그런 적극성을 내비치지 못하게 했다.

그리고 잠시 후…

"여… 여기는…."

베르나베우. 레알 마드리드의 홈구장이다.

경비원이 그의 얼굴을 보고 들어가게 해주었지만, 아만다는 고개를 갸웃거렸다.

이 밤에 조명도 켜지지 않은 곳으로 데리고 오다니.

반디는 아만다의 얼굴이 시시각각 변하는 것을 보았다.

처음에는 설렘으로, 그리고 그다음에는 물음표가 찍혀 있었다.

그러다가 반디의 얼굴을 보며 이제는 슬슬 실망한 표정이 되어갔다.

그런데 반디는 아랑곳하지 않고 하고 싶은 말을 했다.

"다음 경기에서 반드시 득점할 거야. 아직 리가에서 정식으로 골을 넣지 못했거든."

"으… 응."

설마 각오를 들려주려고 자신을 데리고 온 것일까?

하지만 자신이 듣고 싶은 것은 그런 이야기가 아니라…

"그리고 너에게 청혼할 거야."

"……!"

아만다는 놀랐다. 늘 반디에 대해서 놀라지만, 지금 이 순간이 가장 놀란 순간이었다.

청혼이라니? 그게 말이 되는…

"싫어?"

"아… 아니."

말이 안 된다고 생각하면서도 자신의 입에서 긍정의 표현이 나오는 것은 웬일일까?

"너무 일찍 한다고 생각할지도 모르지만, 난 고민하고 싶지 않아. 내 짝은 너야. 지금까지 알아온 시간이면 충분해. 후회하지 않을 것 같거든."

멋없는 청혼예고인데도 불구하고 아만다의 가슴은 아까보다 더 두 방망이 쳤다.

그리고 결정적으로 반디의 다음 말은 오늘 그녀의 심장을 정지시킬 종지부였다.

"그리고 나 역시 오늘 집에 들어가기 싫어. 같이 있을 거지?"

○

리그 3차전 셀타 비고와의 경기.

경기 전에 반디는 관중석을 보며 손을 흔들었다.

그 방향에는 아만다가 있었다.

그녀 역시 밝은 미소로 화답했다.

기가 막힌 타이밍에 카메라가 그녀를 잡았다.

반디를 보는 그녀의 볼이 발그레했다.

그러면서 한층 더 그녀의 매력이 돋보였다.

멀리서도 그 매력을 느낄 수 있었는지, 반디의 심장이 더 세게 뛰었다.

심장에서 펌프질하는 것 같은 느낌.

그게 어떤 감정인지 알고 있다.

그리고 그 감정을 열정으로 승화시키며 드디어 개막전 첫 터치를 시작했다.

셀타 비고는 젊은 스트라이커, 반디를 절대 얕보지 않았다.

매우 신중한 모습이었다.

상대 감독은 수비 위주로 진형을 짜 왔다.

초반 그것을 뚫기가 쉽지 않았다.

지난 경기들처럼 씨날두가 단독으로 드리블 돌파를 시도한 것도 아니었는데.

“지난 시즌보다 못하네.”

“그러게… 좌우에서 흔들면 정말 혼이 빠지는 것 같았는데.”

타미의 중거리 슛을 막으며 셀타 비고의 골키퍼가 한마디 하자, 수비수가 그 말을 받았다.

“그래도 저 애송이는 얕보지 마. 레알 마드리드 세대교체의 중심이라니까.”

신신당부하는 골키퍼에 고개를 끄덕이면서 앞으로 나아가는 수비수, 산투스.

그는 개막전에 맞추어 반디의 플레이를 집중적으로 분석했다.

공을 잡기 이전에 모든 것을 끝내야 한다.

반디가 공을 잡기 시작하면, 휘둘린다는 것이 바로 그 분석의 결론이었으니까.

산투스는 주장완장을 차고 있는 수비수.

앞선에 미드필더들에게 지시를 내렸다.

전방으로 공이 오지 않게 반드시 차단하라고.

지시대로 다 따른다면 참 좋을 텐데, 미드필더들의 움직임이 약간 쳐지기 시작했다.

이유는 씨날두 덕분이다.

오늘은 웬일인지 아예 드리블 돌파를 시도하지 않았다.

그리고 중앙으로 나왔다.

2선도 아닌 곳에 머물러 있으면서 패스에 주력했다.

나단도, 그리고 타미도 부상 중이었다.

레알 마드리드의 스쿼드가 아무리 좋아도, 패스 공급자가 한 단계 떨어지니 상대에게 읽힐 수밖에 없었다.

씨날두는 그것을 알고 중앙에서 패스를 공급하기 시작한 것이다.

좋은 선택이었다.

셀타 비고의 선수들이 혼란스러웠으니까.

예측하지 못할 때 늘 좋은 결과를 낼 수 있었다.

물론 마지막 방점이 중요하기는 했지만.

씨날두답지 않은 원터치 패스가 계속 이어지고, 그 패스를 받아서 페드로가 중앙으로 침투했다.

원래 레알 마드리드는 측면 플레이가 뛰어난 팀이었다.

세계 최고의 중앙 공격을 갖춘 바르셀로나와 대비되었는데, 지금은 중앙을 뚫고 있었다.

상대 감독이 준비한 측면 강화가 무용지물이 된 상황.

중앙에서 돌파하는 페드로가 두 명을 순식간에 제쳤다.

그리고 틈이 나서 때린 강슛!

텅!

아쉽게 골대를 맞았다.

그런데 튕겨 나온 공을 향해 돌진하는 선수 하나가 있었다.

그것이 바로 반디였다.

공중을 새처럼 나는 모습.

공은 정확하게 그의 머리에 맞으며 골키퍼를 스쳐 지나갔다.

철썩!

그물에 꽂힌 공.

반디는 옷을 벗었다. 그 안에는 그가 아만다에게 선언한 대로, '나와 결혼해 줘!' 라는 말이 적혀 있었다.

[아아, 저게 뭔가요? 저건 청혼 아닌가요?]

[청혼 맞습니다. 에스테반 선수, 멋진데요. 득점하고 나서 저런 청혼이라니… 제가 여자였다면 벌써 넘어갔겠습니다.]

해설의 얼굴을 본 캐스터.

여자가 아닌 게 다행이라는 표정을 지으면서 말을 이었다.

[이번 시즌 첫 골입니다. 위치 선정이 좋았던 것 같은데요?]

[맞습니다. 프리메라리가의 매운맛을 두 경기에서 맛보았을 거예요. 일단 에스테반 선수의 슈팅 횟수가 너무 적어요. 오늘을 계기로 많은 슈팅을 했으면 좋겠네요.]

한편 한국에서도 이 장면은 화제의 영상에 올라, 순간적으로 검색어 순위 1위에 등극했다.

후반에 셀타 비고에게 실점을 해서 1-1로 비긴 결과는 오히려 비중 있게 다루어지지 않았다.

물론 스페인에서는 비기고 나서 레알 마드리드의 감독이 슬슬 경질 압박을 받고 있다는 이른바 '불 지피기' 에 들어갔지만.

그의 경기를 꼼꼼히 챙겨보던 민선 역시 그 장면을 똑똑히 보았다.

그녀는 지금 반디의 저 청혼이 현실로 이루어지기에는 시간이 걸릴 것으로 생각했다.

정확히 말하면, 생각이 아니라 바람이었다.

잘못하면 40대에 할머니가 될 수도 있었으니까.

그래서 경기가 끝나고 반디가 전화를 받을 수 있을 시간을 기다렸다.

(여보세요.)

"그래, 우리 아들. 오늘 득점 축하한다. 드디어 프리메라리가 첫 득점이구나."

(와아, 정말 꼬박꼬박 제 경기 챙겨봐 주시네요. 하하하.)

"당연하지. 누구 경기인데. 네가 청혼하는 모습도 다 봤단다. 그런데 청혼만 한 거지? 결혼은 빨리 안 할 거지?"

(아뇨. 아만다만 괜찮다면, 바로 할 건데요.)

"그래? 바… 바로?"

"아, 시즌이 끝나고 해야겠네요. 아무래도 신혼여행도 가고 그래야 하니까. 하하하."

민선은 바라지 않던 대답이 나왔다.

통화가 끝났을 때, 그녀의 머릿속에 든 상상은 젊은 할머니의 모습이었다.

일찍 결혼한다는 것.

그녀 역시 경험해보았다.

그때에는 반디의 아버지와 사랑에 빠져서 헤어나올 수가 없었다.

결혼으로 그를 묶어 두어야 마음이 편안해질 것 같아, 선택했었는데.

'그렇게 일찍 가버릴 줄이야….'

반디를 보면 그가 생각이 났다.

기르지 않았어도 피가 섞인 게 확연히 티가 났다.

한 여자에게 꽂히면, 시선을 돌리지 않는 모습.

그리고 시간을 끌지 않는 직선적인 성격.

결국, 반디의 때 이른 결혼을 각오해야 했다.

그렇게 생각하자 마음이 편안해졌다.

어차피 대중에게 그의 어머니라고 밝혀진 이상, 다음에 일어날 모든 일은 책임져야 하는 게 반디에게 보상하는 길이었다.

다만 이 생각과 감정은 영 조화되지 않았다.

특히, 신문 기사에서 '김민선, 벌써 할머니가?' 라는 타이틀을 본 후에 당분간 언론을 접하지 않으리라고 다짐했다.

스페인의 또 다른 부모인 레오나르도와 벨라는 그녀와는 정반대였다.

이들은 반디의 이른 결혼을 매우 반겼다.

사실 은근히 종용한 점도 없지 않아 있었다.

둘 다 육십을 넘어가는 상황, 반디의 이른 결혼은 손자를 빨리 볼 수 있다는 장점이 있지 않은가?

자식을 생산하지 못한 이들의 목표는 대가족이다.

반디를 통해서 그 꿈을 실현하기를 바랐다.

그래도 상대에 대한 배려를 잊지 않는 레오나르도.

“그래 우리는 괜찮다만, 아만다의 부모님이 이것을 반길지 모르겠구나.”

“어차피 저희 인생이잖아요. 너무 걱정하지 마세요. 하하하.”

반디의 대답은 명쾌했다.

모든 게 다 일사천리로 이루어질 것이라는 믿음.

그것은 축구에서도 마찬가지였다.

비록 지금 레알 마드리드가 부진을 겪고 있지만, 그는 자신 있었다.

가면 갈수록 팀이 강해질 거라는 확신.

어쩌면, 우승 트로피를 올해 빼앗길지 모른다.

또한, 챔피언스 리그에서 좋지 않은 결과를 낼 수도 있다.

그러나 이 모든 것은 과정이라고 생각했다.

그 과정이 끝나는 날, 자신이 여는 레알 마드리드 시대가 기다리고 있을 것이다.

그의 예상대로 전반기의 레알 마드리드는 세대교체의 바람을 타며, 기복 있는 결과물을 내놓았다.

그나마 겨울 휴식기에 있었던 FIFA 클럽 월드컵에서 우승한 것이 유일한 낙이었던 것 같았다.

그 이후 16강에서 탈락하고, 바르셀로나의 승승장구를 지켜보는 팬들의 마음에 체르니 감독은 가시방석에 앉은 느낌이었다.

다행히 로메오의 방침은 매우 뚜렷했다.

언론과 팬들의 일시적인 질타에 흔들리지 않고 체르니 감독을 믿는다며 그에게 힘을 실어 주었다.

전반기에는 여러 선수의 부상과 일부 선수의 부진 때문에 팀을 제대로 운용하지 못했다는 로메오의 말.

반디도 약 한 달 정도 부상으로 경기에 나서지 못했다.

어쨌든, 팬들을 어느 정도 납득시킬 수 있었던 말이었고, 체르니는 자신을 믿어주는 로메오에 고마워했다.

그래서 절치부심 기자회견을 준비했다.

이 자리에 반디를 데리고 간 체르니는…

"오늘 인터뷰 네가 하고 싶은 말 다 해봐라. 알겠지?"

라며 용기 있는 모습을 보였다.

Chapter 58

NEO SPORTS FATASY STORY

FIRST Chapter 58 TOUCH

체르니가 반디를 인터뷰에 대동하고 온 이유는 한 가지였다.

종종 언론이 이 둘의 사이를 이간질했기 때문이다.

그렇지 않다는 것을 보여주고 싶었다.

특히나, 라이벌 관계에 있는 아틸레티코 마드리드의 감독 앞에서는 더더욱 간절한 마음이 드러났다.

아르헨티나 출신의 명장, 디메오.

재정이 부족한 아틀레티코 마드리드 감독을 맡아서 프리메라리가의 지형도를 바꾸어 놓았다.

체르니는 종종 디메오와 비교당했다.

가끔 돈을 쏟아붓는 팀의 감독이라는 조롱도 받았다.

특히, 스트라이커를 키우는 능력에서 디메오 감독에게 상대가 안 된다는 말을 들었다.

현재 아틀레티코 마드리드의 주포는 곤잘레스.

스물여덟의 이 스트라이커는 올 시즌 2위의 득점능력을 발휘하고 있었다.

디메오가 곤잘레스를 데리고 올 것을 알았다.

그래서 체르니도 팀의 주포인 반디와 동반한 것이다.

"당연히 승리합니다."

오자마자 각오를 물어보는 기자의 질문에 힘있게 대답하는 반디.

체르니는 그의 자신감 있는 모습을 보면서 흡족한 미소를 지었다.

하지만 곧 그 기분을 깨는 기자의 질문이 들어왔다.

"어떻게요? 지난번에도 지지 않았습니까? 제 기억으로는 곤잘레스에게 해트트릭을 얻어맞으며, 질질 끌려가다가 3-1로 무릎을 꿇었는데. 아닌가요?"

적나라하게 치부를 드러내는 스페인 언론이 늘 마음에 들지 않은 체르니. 그래서 한 마디 꺼내려던 찰나에, 반디가 먼저 말했다.

"그때에는 제가 뛰지 않았습니다."

"그렇죠. 에스테반 선수는 후보였죠. 하하하."

더더욱 가관이었다. 체르니는 눈과 눈 사이를 좁히며 질문한 기자를 자세히 보았다.

눈에 익은 모습이었다.

알고 보니 마드리드 신문의 루에카였다.

자신과 반디 사이를 늘 이간질하던 기자.

“아뇨. 전 그때 부상 중이었습니다.”

“그런가요? 이번에는 제 기억이 잘 못되었습니다. 전반기에 기대를 많이 했는데, 늘 불규칙한 출전을 하시다 보니….”

루에카의 자극하는 말이 계속되었다.

그리고 방금 그 자극적인 말에 곤잘레스가 웃음을 터트렸다.

옛말에 말리는 시누이가 더 밉다고 하던데, 곤잘레스가 딱 그 꼴이었다.

그러나 반디는 미소를 잃지 않고 침착하게 대응했다.

“맞습니다. 전 지금도 주전 경쟁을 하고 있습니다. 그러다 보니 출전하지 못할 때가 종종 있었습니다. 레알 마드리드에는 훌륭한 스트라이커가 많으니까요. 칸제마와 시돈차, 그리고 최근 승급한 더그까지. 주전 경쟁은 더 치열해졌죠. 그래서 더 성장한 게 느껴집니다. 아마 이 기분은….”

그는 잠시 곤잘레스를 바라보다가 다시 루에카에게 시선을 돌렸다.

"느끼지 못할 겁니다. 자신의 자리를 위협받아본 경우가 별로 없는 선수에게는."

루에카는 미소 지었다.

드디어 소기의 성과를 거두었다.

자신이 있는 곳은 어디라도 싸움이 붙어야 했다.

방금 반디의 자극이 곤잘레스를 도발한 것이 틀림없었다.

곤잘레스 역시 내일의 승리를 장담하며 반드시 득점에 성공하겠다고 호언장담했다.

마지막으로 반디는 루에카를 바라보며 이렇게 말했다.

"기자님, 내일 승리한 후에 꼭 인터뷰 부탁합니다."

다음날 아틀레티코 마드리드의 홈구장인 에스타디오 라 페이네타로.

2015년부터 7만 명을 수용할 수 있는 이 경기장으로 홈구장을 옮겼다.

여기에 이 두 스트라이커의 장담을 보러 만원 관중이 운집했다.

귀빈석도 꽉 들어찼다.

양 팀의 레전드들도 앉아 있었고, 최근 암을 극복한 하비에르 회장도 자리했다.

"저 아이가 결혼 선물로 뭐라고 했다고?"

"아틀레티코 마드리드와 바르셀로나를 꺾어 주겠다고 했어요."

자신의 연인을 자랑스러워 하는 말투.

아만다는 활짝 미소 지으며 시선을 필드에 돌렸다.

"그래? 그럼 오늘 한 번 그 말이 사실인지 확인해야겠구나. 결혼 지참금이라. 허허허. 그런데 그게 쉽지는 않을 것 같아. 아틀레티코 마드리드가 역대 최강이라는 말을 듣고 있으니까."

그 말은 사실이었다.

현재 1위가 바르셀로나이기는 하지만, 승점 1점 차로 아틀레티코 마드리드가 뒤진 상태였다.

그리고 레알 마드리드는 4위.

초라한 성적표였다.

순위로만 보면 두 계단 차이지만, 승점 차는 더욱 심각했다.

13점 차이.

올 시즌 우승은 거의 물 건너갔다는 이야기가 나돈 이유가 바로 이 때문이었다.

그것을 반영하기라도 하듯이 초반 아틀레티코 마드리드의 기세가 무서웠다.

레알 마드리드의 중앙에 문제가 발생해서 상대의 공격이 더 파괴적으로 보였다.

나단은 복귀했지만, 또 한 번 부상을 당하며 전열에서 이탈한 상태였다.

타미는 부상 복귀했으나, 뜻 모를 부진에 오늘 선발 출전하지 못했다. 지난 라운드까지 경기를 조율하지 못해 최하 평점을 받은 그였다.

그래서 오늘은 드디어 마리오가 첫 출전을 하게 되었다.

재미있는 것 하나는 그의 짝으로 출전한 게 바로 씨날두라는 점이었다.

가끔 윙으로 뛰지만, 서른여섯 살이라는 나이는 이제 부담으로 다가왔다.

그 역시 예전 맨체스터 유나이티드의 전설, 라이언처럼 마지막으로 팀을 위해 포지션을 가리지 않고 투지를 불태웠다.

"똑바로 안 봐? 뭐 하는 거야?"

첫 출전에 기가 죽은 것인지, 한 명을 그대로 통과시킨 마리오에게 호통을 친 씨날두.

카리스마가 돋보였다.

그 모습을 본 적장, 디메오는 팔짱을 끼었다.

씨날두의 변신이 놀랍기만 하다는 눈빛으로 중앙을 탐색하고 있었다.

드리블이 거의 없었다.

패스에 일가견이 있다는 말이다.

중앙 미드필더들이 부상과 부진으로 신음하고 있을 때, 중앙으로 보직을 옮긴 씨날두의 활약.

나쁘지 않아 보였다.

물론 아직 완벽한 것은 아니다.

가끔 나가는 패스의 강약 조절이 문제가 있었다.

특히, 왼쪽 윙에서 활약하는 빅토르에게 패스할 때, 속도가 너무 빨랐다.

오른쪽 윙, 페드로의 속도에 맞추었기 때문이다.

그래서 오늘 아틀레티코 마드리드의 역습은 그곳에서 시작되고 있었다.

지금도 빅토르가 닿지 못한 곳에 패스가 갔을 때, 그것을 미리 차단한 아틀레티코 마드리드의 오른쪽 윙이 긴 패스를 보냈다.

텅!

오랜만에 만난 알바로.

이번 시즌 그는 189cm의 장신을 이용해서 가짜 타겟맨으로 활약했다.

워낙 스트라이커를 잘 키우는 구단이기에, 언젠가는 곤잘레스의 자리에서 뛸 것이라는 예상이 있었다.

지금은 공을 머리로 받아서 곤잘레스에게 연결해주며, 자신의 임무를 끝냈다.

안토니오가 분주해졌다.

곤잘레스가 페널티 에어리어 바로 앞에서 위협을 가했기 때문이다.

상대편의 역습 상황이었다.

이미 아군은 없고 자신이 뚫리면 끝나는 지점이 바로 이 페널티 에어리어 부근이다.

함부로 태클도 할 수 없었다.

발기술이 좋은 곤잘레스는 충분히 함정을 만들어 놓고 그를 유혹할 수 있으니.

아니면 지금처럼 벼락 슛을 날리던가.

쉬이이익!

출렁!

깨끗한 중거리 슛이 터졌다.

환호하는 관중들 앞으로 달려가는 곤잘레스는 귀를 기울였다.

자신의 이름을 불러주는 팬들.

"곤잘레스! 곤잘레스!"

그런데 갑자기 곤잘레스가 손가락을 들어 반디를 가리켰다.

그러자 팬들은 이 표시가 뜻하는 것을 알고 있다는 듯이 한꺼번에 외쳤다.

"허풍쟁이! 허풍쟁이!"

소셜 네트워크 서비스에서 곤잘레스는 오늘 자신이 골을 넣으면 이렇게 외쳐달라고 말했다.

탁월한 심리전이었다.

아직 득점은커녕 슈팅 하나도 이루지 못한 반디가 압박

을 받을 수 있었으므로.

자신의 전략이 통했는지 확인하는 것은 기본.

곤잘레스는 반디의 표정을 살폈다.

그러나 변함이 없었다. 여전히 미소지으며, 동료들에게 말했다.

"빅토르, 너 빨리 못 뛰냐? 레전드가 레전드급 패스를 하는데, 네 발이 느려서 그걸 못 받잖냐?"

"윽, 내 탓인가? 내 탓이란 말인가?"

"당연하지. 씨날두, 어쩔 수 없네요. 그냥 후반에는 재추방해버리고 그 자리에서 뛰어요. 이거 손발이 맞아야 해 먹지. 하하하."

"이… 쒸."

빅토르는 반디가 장난친다는 것을 잘 알고 있었다.

벌써 그와 같이 보낸 시절이 몇 년인데 그것을 모르겠는가?

그러나 장난 속에 가시가 있었다.

노력을 요구하는 부분. 패스 타이밍을 받는 사람도 맞추라는 것이었다.

씨날두는 이들의 대화를 보며 미소 지었다.

"반디야, 너도 할 말 없어, 인마. 어떻게 슈팅 하나 못하냐? 내가 맨날 그랬잖아. 기회가 나면 무조건 슛이라고. 왕년에 난 기회가 안 나도 슛했어."

"그런가요? 알겠습니다. 오늘 레전드의 기운을 받아서 제가 전반전에 동점골 넣겠습니다."

"에그, 그놈의 장담은…."

씨날두는 밉지 않다는 듯이 반디를 쳐다보았다.

사실 잘해주고 있었다. 지금은 대화가 필요한 상황.

관중들이 허풍쟁이라고 반디를 놀려대었으니, 한 방으로 저것을 되갚아줄 시간이었다.

이윽고 중앙선에서 레알 마드리드의 반격이 시작되었다.

중심은 씨날두.

그는 눈빛을 빛내며 패스에 주력했다.

이번에는 짧은 숏패스였다.

패스한 후 빨리 움직여서 받을 자리로 갔다.

사실상 완전한 프리롤 역할이었다.

심지어 자신의 예전 자리인 왼쪽으로 갔을 때, 그는 말했다.

"주고 들어가!"

빅토르에게 한 말이었다.

그러고 나서 질주하는 씨날두.

아틀레티코의 윙백이 뜻밖의 드리블에 당황했다.

"역시, 하나만 하면 안 돼. 씨날두가 드리블도 패스도 할 줄 아니까, 바로 저런 현상이 나오는 거야. 하하하."

하비에르 회장이 만족스러운 듯이 씨날두의 질주를 보며 기쁨을 나타냈다.

자신이 거두어 온 최고의 역작이 바로 그였다.

당시 최고의 몸값으로 데리고 와서 갈락티코 2기의 주축 멤버였던 씨날두.

이제 서른여섯을 바라보는 황혼기에 접어들었다.

최근 은퇴 이야기도 종종 나왔다.

하지만 하비에르는 속으로 고개를 저었다.

씨날두가 무기 하나를 더 장착했는데, 빠른 은퇴라니?

말도 안 된다고 생각했다.

콰아아악!

그의 패스만을 보다가 갑작스러운 질주에 당황하는 수비수가 태클까지 사용했다.

그것을 가볍게 피한 씨날두.

한 번 더 공을 치고 들어가며 왼쪽 페널티 에어리어에 진입했다.

수비수 하나가 큰 소리로 부르짖었다.

"얘 막아! 얘!"

그가 손가락으로 가리키는 것은 반디.

씨날두와 호흡을 맞추며 가끔 득점을 올리는 것을 알고 있었다.

그렇게 말한 수비수 본인은 직접 씨날두를 막으러 갔다.

수비수 또한 황혼기에 접어든 노장 수비수였다.

거의 10년 가까이 씨날두와 맞상대했다.

그의 버릇과 습성에 머리가 아닌 몸이 반응했다.

씨날두의 브릿지, 즉, 헛다리 짚기가 안 통하는 유일한 상대.

그래서 씨날두가 그것을 시도하지 않았다.

그리고 수비수의 예상대로 패스는 반디에게로 갔다.

고무공 같은 탄력으로 반디가 공을 받았다.

헌데 이미 자신의 앞을 가로막는 수비수 하나가 있었다.

거의 완벽한 수비조직력이었다.

그리고 이 수비수 역시 반디의 단점을 잘 파악했다.

반디는 완벽한 기회에서 슛을 때리려고만 한다는 점.

그래서 완벽한 기회를 주지 않으면 된다는 생각에 반디를 뒤로 돌지 못하게 했다.

그의 시도가 먹혔다.

반디는 공을 받으며 좌우로 돌다가 결국 씨날두에게 공을 다시 내주고 말았다.

이것이 세군다 득점왕의 한계라고 비웃는 수비수.

씨날두가 받은 패스가 다시 리턴해서 반디에게 왔을 때, 똑같이 막으려고 했다.

그런데…

쾅!

생각보다 더 빠른 슛 타이밍이었다.

분명 이렇게 쏘면 자신의 발이나 몸에 맞을 텐데.

실제로 그의 발을 맞았다.

하지만 그 발을 맞고 나서 공은 완전히 꺾이며 골키퍼까지 속여버렸다.

"이… 이런!"

뒤를 돌아보았을 때, 꼼짝 못 하는 골키퍼의 모습이 보였다.

그리고 골키퍼의 시선은 이미 골문 안에 들어간 공에 멍하니 가 있었다.

반디는 그것으로 끝내지 않았다.

두 손을 자신의 귀에다 댔다.

동료들도 축하해주려고 그에게 다가왔지만, 잠시 멈춘 이유.

반디의 지금 세레머니가 무슨 의미를 가졌는지 알기 때문이었다.

허풍쟁이라고 외치던 사람들에게 다시 한 번 떠들어보라는 뜻이었다.

하지만 득점을 올린 반디에게 그렇게 말할 리는 없었다.

대신 저속한 단어를 쏟아내었다.

그중에는 인종 차별적인 말도 있었다.

물론 반디는 신경 쓰지 않았다.

이제 그는 잘 걸러냈다.

오히려 투지를 불태우는 촉매제로 삼았다.

불타는 눈을 잠시 죽이며, 씨날두에게 말했다.

“좋은 것 배웠습니다.”

“좋은 거는 뭐. 하지만 너무 남발하지 말라고. 슛을 너무 아끼는 것도, 마구 쏘는 것도 좋은 평가는 받기 힘드니까.”

미소를 지으며 고마워하는 반디에게 씨날두가 한 번 더 조언했다.

이제 1-1. 다시 균형을 맞춰 놓은 반디의 득점으로 경기장은 용광로처럼 들끓어 올랐다.

그것은 디오메도 마찬가지였다.

선수단에 분발을 요구하는 그의 외침.

손가락은 위치를 조정했다.

이에 따라 재빨리 분위기를 수습하는 아틀레티코 마드리드.

“역시 대단해. 항상 느끼지만, 선수 장악력이 뛰어나.”

“그것은 감독님도 마찬가지십니다.”

아구스틴은 체르니의 말을 듣고 재빨리 그를 추켜세웠다.

사실 바람이기도 했다.

좀 더 역동적으로 움직여 달라는.

디오메에 비해서 그는 신사였다.

이것이 레알 마드리드의 정신에 비슷할 수도 있었다.

예전 귀족 계급의 대명사였던 레알 마드리드와 노동 계급을 대변했던 아틀레티코 마드리드의 두 감독의 성향.

팬들의 성향과도 닮았으니까.

하지만 언제까지 그런 고정 관념에 매달릴 수는 없었다.

최근 아틀레티코 마드리드에 패하는 것도 그런 투지가 없기 때문이라고 아구스틴은 생각했다.

그러나 체르니는 고개를 저었다.

"내가 저런 스타일은 아니지. 난 나만의 장점이 있어. 그런 말로 나를 위로하려 들지 말게. 하하하."

살짝 무안해진 아구스틴.

실제 체르니의 말이 맞았다.

그는 선수의 말을 잘 들어주는 감독으로 유명했으니까.

감독으로 지녀야 할 카리스마가 부족하다는 뜻은 아니다.

그렇지만, 확실히 디오메가 분위기를 바꾸는 능력은 더 나은 것 같았다.

아틀레티코 마드리드 선수들의 얼굴에 의지가 떠오르는 것을 보면 알 수 있었다.

다시 만회해야겠다는 심리.

중앙선 공은 뒤로 그리고 옆으로 옮겨가면서 다시 중원 싸움이 시작되었다.

"확실히 중원에서는 우리가 밀려. 이럴 때에는 부상이 참…."

아쉬운 말을 내뱉는 체르니.

나단과 다른 중앙 미드필더의 부상이 안타까웠다.

그를 대신해서 마리오를 내보냈지만, 첫 경기에 대한 부담 때문이지 제 활약을 하지 못하고 있었다.

지금도 그렇다.

중앙에서의 패스를 너무 쉽게 주었다.

저렇게 되면 수비진의 부담이 크게 생긴다.

안토니오가 뛰어난 선수이기는 하지만, 더 경험을 쌓아야 하는 것은 사실.

그래서 노련한 타미와 세비앙 등이 그 앞에서 잘 보조해 주는 게 제일 나은 방법이었는데…

아슬아슬하게 또 한 번 뚫렸다.

이번에도 알바로의 머리였다.

한 번 튕긴 공이 곤잘레스에게 가는 루트.

이 단순하면서도 위협적인 공격은 또 한 번 레알 마드리드에 골문에 실점을 허용하고 말았다.

"와아아아아!"

다시 2-1.

관중들은 아까 반디에게 당한 분풀이를 하려는 듯, 더 굉음을 질러댔다.

속으로 쾌재를 부르는 이도 있었다.

루에카 기자였다.

오늘 경기 끝나고 인터뷰를 하고 싶다던 반디의 똥 씹은 얼굴이 그려졌다.

사실 그는 어렸을 때부터 아틀레티코 마드리드 팬이었다.

카탈루냐의 피가 흐르고 있는 그는 반항정신으로 똘똘 뭉친 급진적인 성향의 기자.

아틀레티코 마드리드의 저항정신과 잘 맞았기에, 더더욱 그들의 팬이 되었다.

따라서 더 호의적인 기사는 아틀레티코 마드리드에, 그리고 레알 마드리드에는 보다 적대적인 기사를 쓸 수밖에 없었다.

이제 다시 리드하는 아틀레티코 마드리드의 득점으로 기사 타이틀이 정해졌다.

『철부지 어린 동양계 꼬마의 허풍과 세부전술 없는 체르니 감독』

타이틀과 더불어 내용은 항상 역동적으로 전술 지시하는 디오메 감독을 띄우는 촉매제로 활용하게 될 것이다.

선수들을 압도하지 못하는 지도력도 부각하려고 한다.

재미있는 생각에 루에카의 입가에 미소가 잔뜩 그려졌다.

한편 다시 실점하자 아구스틴은 인상을 찌푸리며 말했다.

"안 되겠네요. 마리오는 아직 경험을 더 쌓아야 할 것 같습니다."

무언가 대책을 세워야 하겠다는 표현이었다.

속으로는 좀 더 능동적인 모습을 감독이 보여줬으면 좋겠다는 마음도 있었다.

선수들을 믿는 것도 좋지만, 적절한 시점에 교체해야 승리를 거머쥘 수 있다고 믿었기 때문에 드는 생각이었다.

하지만 그의 말에 반응이 없는 체르니.

전반전이 끝날 때까지 묵묵히 경기를 지켜보기만 했다.

그리고 라커룸에서는…

"마리오!"

"네…."

드디어 올 것이 왔다는 표정으로 마리오가 힘없이 대답했다.

그의 프리메라리가 데뷔전은 악몽과 같았다고 나중에 기록될 것이다.

그는 그것을 예감하며 체르니를 보았다.

"수비를 포기해라."

"……."

순간 자신이 잘못 들은 줄 알고 다시 체르니를 바라본 마리오.

"대신 공격에 집중한다. 다른 수비수와 미드필더도 마찬가지다. 지금은 지키려고 하는 것보다 상대보다 더 많은 득점을 내도록 노력한다. 에스테반도 슈팅횟수를 늘려라."

매우 낯익은 모습.

선수들은 얼떨떨했지만, 이어지는 체르니의 지시에 일단 고개를 끄덕이고 있었다.

체르니는 하프타임 때, 이런 식으로 전술 지시를 하는 사람이 아니었다.

오히려 선수를 칭찬해주고, 격려해주었다.

그가 달리 덕장이라는 칭송을 받는 게 아니었다.

그는 늘 말했다. 레알 마드리드는 이미 완성된 선수가 모이는 곳이기에, 특별한 전략 전술보다는 개인 능력을 극대화하는 게 최고의 전술이라고.

그런데 지금은 달라졌다.

이유는 곧이어 밝혀졌다.

궁금해하는 아구스틴에게 그는 웃으면서 말했으니까.

"아까 했던 말 취소야. 오늘 경기에서 최소한 디메오보다 더 카리스마 있는 나를 보게 될 거야. 하하하."

체르니는 맞불 작전을 계획했다.

늘 디메오에게 당해왔단 경험을 상기하고 나서 깨달은 것이다.

지키려고만 했던 경기.

그게 문제였다.

상대보다 더 화력이 좋지 않다고 생각했기에.

물론 씨날두는 그의 전성기 시절에 완벽한 화력을 뽐냈다.

그런데 그 역시 아틀레티코 마드리드를 만나면, 마치 천적에게 꼬리를 만 먹이사슬의 하위 종족과 같았다.

그때부터 지키는 축구에 역점을 두었다.

이제 그래서는 안 된다고 생각했다.

"무엇보다도 이제 레알 마드리드는 완성된 선수가 아니라, 유망주들이 올라오는 곳으로 바뀌고 있어. 그러니까 나도 바뀌어야지."

그렇다. 이게 그의 진심이었다.

그동안 많은 투자를 바탕으로 최고의 선수들을 받아들이던 클럽.

앞으로는 그게 쉽지 않았다.

아니 몇 년 전부터 제대로 이루어질 수 없었다.

자금 상황은 부정할 수 없이 안 좋아졌다.

그나마 작년에 반짝한 것은 마지막으로 투자했던 선수

들이 마음먹고 이른바 '포텐'을 터트려주었기 때문이다.

지금부터는 그가 유망주들의 '포텐'을 끌어올릴 차례라고 생각했다.

그 각오가 옆줄로 나가서 적극적으로 주문하도록 만들었다.

"더 끌어 올려라! 더!"

그는 수비 라인을 조정했다.

체르니가 올라가는 쪽으로 수비수들이 라인을 정렬했다.

그런데 수비수들이 올라왔다고, 중앙 미드필더들이 같이 올라가는 것은 아니었다.

라커룸에서 공격, 미드필더, 그리고 수비 라인을 매우 콤팩트하게 서라는 지시를 했기에.

그래서 반디도 오히려 조금 더 내려왔다.

이렇게 되자, 전통적인 레알 마드리드의 공격이 희미해졌다.

페드로와 빅토르까지 측면에서 중앙으로 살짝 좁혀 들어오자, 아예 중앙 공격이 활발해졌다.

이것을 보고 디오메의 눈살이 찌푸려졌다.

갑자기 까다로워졌다. 중앙이 밀집되어 중원 싸움에서 밀리기 시작했다.

레알 마드리드에서 가장 앞에 나온 것은 생각지도 못했던 마리오였다.

"저건 또 뭐야?"

뜻밖에 상황이다.

자세히 보니 또 마리오가 제일 선봉인 것 같지만, 어느 순간 씨날두가 앞으로 나오기도 했다.

늘 그는 상대를 완벽하게 분석해서 경기에 임했다.

변수에 변수를 체크해서 그에 맞는 전술을 준비했다.

그러나 단연코, 오늘의 변수는 상상도 하지 못했다.

그가 아는 체르니는 이런 식의 모험을 잘 하지 않기 때문이다.

그래서 선수들보다 더 당황한 사람이 바로 디오메였다.

거기다가 지시를 내려도 잘 먹히지 않았다.

사실 지금은 수비해야 하는 상황.

그런데 적극적 수비라기보다는 점점 중앙에서 밀리는 소극적 수비였다.

드디어 상대에게 기회를 내주기 시작했다.

골대와의 거리 40m.

씨날두는 통렬하게 슛을 쏘았다.

텅!

골문을 막아선 골키퍼가 다이빙으로 공을 쳐 냈다.

골라인 아웃이지만, 씨날두가 슛했다는 것만으로도 아틀레티코 마드리드 선수들은 심각하게 당황했다.

과거 그의 전성기 시절에도 그에게 슈팅 기회를 거의 주지 않았다.

그런데 조금 전에는 완벽한 중거리 슛 기회였다.

그들이 반디를 더 중점적으로 막았기에 열린 찬스.

이제 슬슬 누구를 막아야 할지 혼란스러워지는 장면이었다.

씨날두가 코너로 걸어갔다.

자신이 찬 슛이 골라인 아웃이 되었기에, 코너킥을 준비하는 것이었다.

뒤로 몇 걸음 물러나며 벤치를 보았다.

체르니가 손가락 두 개를 펼쳤다.

그것을 보고 씨날두 역시 손가락 두 개를 들어 올렸다.

이것이 무슨 표시인지는 선수들만 알았다.

약속된 플레이. 헌데, 지금까지 경기 중에 없었던 모습이었다.

개인의 능력에 철저히 맡겼던 체르니였는데, 아까 라커룸에서는 세트 피스 상황에서 자신을 보라고 전달했다.

적극적인 지시를 하겠다는 의미였다.

씨날두 역시 이제 감독이 변할 때가 왔다고 동조했고, 지금은 아주 시기적절한 상태라고 생각했다.

세대교체를 부정할 수는 없었다.

그렇다면 유망주들을 더 완성된 선수로 만들어야 했다.

생각은 잠시였다.

어느새 앞으로 달려가 연습에서 두 개의 손가락을 들며 했던 그 패턴으로 킥을 날렸다.

그의 발을 맞고 공이 포스트에서 먼 쪽으로 나갔을 때…

멀리서 날 듯이 안토니오가 점프해왔다.

"막아!"

소리가 늦었다.

안토니오의 머리를 맞고 골문으로 들어간 슈팅.

출렁!

갑자기 달라진 레알 마드리드.

누구나 슛을 한다.

매우 공격적으로 나오고 있으니, 어안이 벙벙할 뿐이었다.

그때 디오메가 소리쳤다.

맞대응하라는 신호.

곤잘레스와 알바로가 앞으로 튀어 나가고 다시 아틀레티코 마드리드의 반격이 이어졌다.

그러다가 패스가 끊겼다.

세군다 리가 가로채기 1위에 빛나는 마리오의 발에.

마리오는 가로챈 후 공격적으로 진격했다.

그와 나란히 달리는 것은 반디였다.

양옆에 빅토르와 페드로도 있었다.

"뒤에 나도 있어!"

씨날두 역시 자신의 위치를 알려주며 역습에 참여했다.
아틀레티코 마드리드의 수비진보다 훨씬 많은 공격진.
누구에게 가도 슛을 쏠 수 있는 이들이었다.
가장 빨리 페널티 에어리어에 진입한 것은 페드로.
어쩔 수 없이 수비수가 그를 막았다.
공은 아직도 마리오 발에 놓여 있었다.
그는 페널티 에어리어 바로 바깥에서 오른발로 스윙했다.
골키퍼가 여기까지 나올 수 없었기에, 침을 삼키며 그의 슛을 막으려 했는데…
슛이 아니었다.
"반디, 네 거다!"
달려가는 반디에게 찍어 차 준 것이다.
돌고래처럼 점프하는 반디.
수비수가 페드로를 버리고 그를 향해 튀어 올랐다.
하지만 반디가 뛴 높이에 미치지 못하며, 결국은 슛을 허용하고 말았다.
쾅!
머리로 쏘는 슛이 대단히 강력했다.
헤딩 슛은 원래 방향도 예측하지 못했는데, 속도가 강하기까지 하니 골문을 가르기에는 충분했다.
"최고다! 하하하. 네가 최고야!"

씨날두가 그를 안았다.

빅토르와 페드로 역시 그를 안았다.

결정적인 어시스트를 한 마리오는 옆에서 이 모습을 지켜보고 있었다.

무엇보다도 가장 흐뭇한 표정을 지은 사람은 체르니 감독이었다.

"이 보게. 이제 좀 나도 젊게 살아야 할 것 같아. 그동안 뒷짐만 지고 있었다. 그런데 재네들은 아직도 더 성장해야 하거든? 이제 완성해 봐야지. 레알 마드리드의 전성기를."

웃으면 하는 체르니의 말.

지금까지 가장 잘했던 시기를 부정하는 듯한 말이었다.

아구스틴은 그것을 듣고 마주 웃었다.

"도대체 얼마나 강한 팀을 만드시려고 하십니까? 하하하."

"흠. 지난해 카스티야가 연승기록을 세우지 않았나? 그건 깨야지. 아니, 그 이상은 해야 좀 언론이 관심을 두지 않으려나? 하하하."

잠시 후 그의 웃음과 함께 승리의 찬가가 울려 퍼졌다.

막판에 페드로가 기어코 한 골을 더 넣고, 4-2로 경기를 승리로 마쳤다.

선수들은 매우 기뻐했다.

물론 가장 기뻐한 것은 체르니였다.

아틀레티코의 홈에서 이루어낸 성과.

이게 기념비적인 일이었다는 것은 부정할 수 없는 사실이었다.

그동안 체르니가 디메오를 제대로 이겨본 기억이 드물었기 때문이다.

이와는 별도로 반디는 경기 후 가진 인터뷰에서 기자 한 명을 찾았다.

"어, 거기 루에카 기자님. 꼭 인터뷰하고 싶은데요?"

"네? 네, 네. 하시죠."

"이렇게 써주세요. 이제 아틀레티코 마드리드는 레알 마드리드를 만나면 절대 승리할 수 없을 거라고. 저희에게는 카리스마 있는 감독님이 계시며, 아직도 전성기를 누리는 씨날두도 있어요. 그리고 무엇보다도 팀으로 화합하는 선수들은 그 어떤 이간질에도 흔들리지 않을 것이라고. 꼭, 그렇게 써주세요. 하하하."

"……."

루에카가 생각했던 똥 씹은 얼굴의 대상자.

그게 바로 본인일 줄 아마도 예상하지 못했을 것이다.

퍼스트 터치 FIRST TOUCH

Chapter 59

NEO SPORTS FATASY STORY

FIRST Chapter 59 TOUCH

반디의 인터뷰에 루에카는 여전히 호의적이지 않았다.

무엇보다도 반디에게 당했다는 생각에 기분이 불쾌해졌다.

자신의 우상인 디오메 감독의 찡그린 표정을 보고 난 후에는 더더욱 짜증이 났다.

신경질적인 그의 심정은 기사로 표현되었다.

『벼랑 끝의 레알 마드리드, 어린이들과 함께 부활할까?

올 시즌 레알 마드리드의 성적은 참담하기만 하다. 유럽 슈퍼 컵에서는 지난 시즌 운 좋게 유로파 리그 우승을 한 올덴부르크에 패배했다. 챔피언스 리그와 코파 델 레이에서는 16강에서 탈락했으며, 현재 리그 성적은 4위로 처져 있다.

이렇게 부진한 이유는 레알 마드리드의 보드진부터 시스템까지 총체적으로 문제가 있기 때문이다.

갈락티코를 부정해 온 로메오 회장이 지난 선거에 승리했다. 그는 유소년만으로 프리메라리가를 제패할 수 있다는 황당한 생각을 하는 사람이다. 더군다나 가일을 이적시켰다. 그 돈으로 나단을 1억 유로에 들여온 것까지는 봐줄 만했지만, 그가 부상으로 한 시즌을 통째로 날릴 줄은 예상하지 못했을 것이다.

칸제마와 시돈차 등은 부진을 겪고 있다. 그나마 최근 에스테반이 제 몫을 해주었지만, 기복 있는 플레이에 팬들에게 비난을 받고 있다.

여기에 체르니 감독은 철 지난 전술을 지속해서 시도하고 있었다. 그의 나이를 고려하면, 이제 은퇴를 해야 할 시기이다. 어디에서 마침표를 찍어야 할지 모르는 사람은 박수 칠 때 떠날 수 없다는 것을 보여준다.

그나마 지난 경기에서 아틀레티코 마드리드를 꺾고 작은 환호성을 질렀다. 하지만 이제 남은 다섯 경기에는 강팀들밖에 없다. 발렌시아와 바르셀로나가 레알 마드리드를 격침하려고 대기하고 있다. 여기에 세비아도 최근 물오른 전력으로 만만치가 않다.

이래저래 험난한 잔여 경기가 예상되는 가운데, 침몰하고 있는 레알 마드리드호의 기댈 곳은 어린이들과 할아버지밖에 없다…(후략)』

기사를 처음부터 끝까지 다 읽어본 반디.

그는 확실히 느꼈다. 루에카 기자가 레알 마드리드에 적대감을 가지고 있다는 것을.

"이 사람 도대체 뭔지 모르겠어요. 혹시 아틀레티코 마드리드 팬인가?"

"그럴 수도 있지. 기자가 객관성을 유지해야 한다고는 하지만, 어렸을 때부터 좋아하던 팀이 깨지면 그렇게 기사를 막 휘갈겨 쓸 수도 있는 거야. 그래도 이건 좀 너무하는군."

훌리안이 반디의 말을 받으면서 인상을 썼다.

"그런데 혼자 이런 기사를 내서 참 두드러지네요. 다른 기사들은 그래도 찬사 일색인데. 혹시 다른 기자들은 레알 마드리드 팬일까요? 하하하."

우스갯소리를 하지만 반디의 기분은 그리 좋지 않았다.

자신을 어린이로 묘사했다.

"할아버지란 말은 씨날두를 말하는 거겠네요."

"아마도 칸제마나 타미도 포함이 될 거야. 최근 그들이 부진한데, 나이 탓이라는 말도 많으니까."

씨날두의 나이는 서른여섯, 칸제마는 서른셋이었다.

이들까지는 노장 이야기가 자연스러울 수도 있었다.

그러나 타미는 아니다.

이 독일 출신 미드필더의 나이는 서른하나.

아직 할아버지로 불릴만한 나이는 아닌데, 최근 부진 때문에 이런 비유를 당하고 있는 것이다.

사실 팀 성적이 문제였다.

팀 성적이 4위에 해당하니 이런 이야기가 자꾸 흘러나오는 것이었다.

지난 시즌만 해도 평균 연령은 지금보다 더 높았다.

그때에는 신구의 조화니 전설을 만들어간다느니 이런 이야기로 각종 찬사를 들었다.

역시 실력으로 보여주어야 한다는 생각.

아쉬운 점은 이제 잔여 경기가 고작 다섯 게임밖에 남지 않았다는 것이다.

그래도 반디는 의지를 불태웠다.

"그나마 다행이네요. 여기 언급된 대로 강팀들만 남아 있어서."

"강팀이지. 더구나 바르셀로나는… 올 시즌 이기기 힘든 팀이 되었어. 더 진화했다고 해야 하나? 그래서 요즘 너도 인터뷰에서 바르셀로나를 이긴다는 말은 하지 않았잖아. 그지?"

"아뇨, 이제부터 해야죠."

"그… 그렇지?"

"그럼요. 잠시 잊고 있었던 것뿐이에요. 이제 프리메라리가 적응은 다 끝났습니다. 연승행진을 다시 시작해야죠. 하하하."

훌리안은 속으로 괜히 이야기를 꺼냈다고 후회했다.

잘못하면 진짜 허풍쟁이가 될 수 있었기에.

○

좀 뒤늦은 감이 있었다.

시즌 초반에 지금 분위기였다면, 레알 마드리드는 올 시즌에도 일을 낼 수가 있었다.

그러나 늘 잘나갈 수만은 없다.

특히나 세대교체라는 말은 노장 입장에서 절대 좋아할 수 없는 말이었다.

불쾌한 기분을 내뱉는 데에 선봉장에 서 있는 세비앙.

올해 나이 서른다섯이었기에 루에카의 기사를 보고 길길이 날뛰었다.

"할아버지라니? 이 새끼가 누굴 보고 할아버지라는 거야?"

"할아버지 맞지, 뭐. 킥킥."

옆에서 보고 있던 칸제마가 어깨를 으쓱거리며 말했다.

그러자 세비앙은 도끼눈을 떴다.

"뭐야? 지금 이 기사에 있는 말을 인정하는 거야? 넌 기분이 아무렇지도 않아?"

"아니, 인정하지는 않지. 기분 나쁘지. 기분이 나빠."

웃고는 있지만, 목소리에 칸제마의 기분이 엿보였다.

"그런데 왜 내가 여기에 포함된 거야? 난 이제 서른한 살밖에 안 되었는데. 나이가 더 많으면 안 억울하기라도 하지."

이번에는 타미였다. 사실 루에카가 쓴 기사에 그의 이름이 언급되지 않았다.

그러나 기사에 붙은 수많은 댓글에 그가 포함되었다.

"네가 올해 부진하기는 했잖아."

씨날두가 지금까지 가만히 있다가 그를 자극하는 말을 던졌다.

"그거야… 사람은 응? 잘할 때도 있고, 못 할 때도 있고, 그런 거지."

꼭 그런 것만은 아니었다.

그동안 그는 부상을 안고 뛰었다.

큰 부상은 아니었지만, 정상 컨디션을 유지하기 힘들었다.

그리고 그렇게 부상을 안고 뛴 까닭이 있었다.

주전 경쟁 때문이었다.

나단이 오기 전에 그가 중앙에서는 독보적인 위치였다.

그런데 어느새 2순위로 밀려난 것을 깨달았다.

나단이 부상을 당한 시점에서 그에게도 부상이 찾아왔다.

그는 뛸 수 있다고 말했다.

자신의 위치를 그에게 내주고 싶지 않았기 때문에.

하지만 정상 컨디션이 아닌 상태에서 뛰니, 부진한 경기력이 펼쳐졌다.

지금에 와서는 후회가 되었다.

나단이 유리 몸이었다는 것을 알았다면, 좀 더 몸을 회복한 다음 출전했을 텐데.

지금은 몸이 많이 좋아진 상태였다.

그런데 또 이번에는 나단도 회복했다.

공교롭게도 그가 몸이 괜찮아지면, 나단 역시 정상으로 돌아왔다.

지금은 다시 클럽의 넘버 원 미드필더를 겨루는 상황이 되었다.

다만 신구의 갈등은 더 생기지 않았다.

사실 새로 합류한 선수들보다 기존 선수들만 참는다면, 이런 갈등상황은 발생하지 않았다.

씨날두를 중심으로 초반에 촉발되었던 긴장 상태는 많이 누그러졌기에 가능한 일이었다.

오히려 연습할 때 훈훈했다.

"앗, 거기서 슛하시다니? 여기 공간이 있었잖아요."

"그래? 안 보였어. 내 눈에는 골문만 보였으니까. 미안해."

반디의 원망하는듯한 말투에 두 어깨를 으쓱하는 씨날두.

지금은 미니 게임 상황이었다.

체르니는 전술 훈련 시 미니게임을 자주 선택했다.

이때 신구의 조화를 고려해서 각 팀에 기존 멤버와 영입 선수들을 섞었다.

오늘은 씨날두가 윙포워드로 나온 상황.

부상당한 중앙 미드필더들이 복귀했기 때문에, 굳이 그가 중앙에 박힐 필요는 없다는 게 체르니의 생각이었다.

이쪽 팀에서는 반디와 짝을 이루면서 뛰었다.

그리고 중앙 미드필더로는 마리오와 세비앙이 호흡을 맞추었다.

잠시 후 마리오의 전진 패스에 안토니오를 앞에 둔 반디의 기회가 이어졌다.

그런데 반디가 공을 좌측으로 뺐다.

자신보다 더 좋은 자리에 위치한 씨날두를 본 것이다.

상대편의 골문을 유린하는 씨날두의 강슛.

그것을 보며 반디가 웃었다.

"보셨죠? 더 좋은 자리에 있으면, 패스해야 한다는 것을."

"응. 당연하지. 그런데 늘 말하지만, 내가 시야가 좁아서 말이야. 하하하."

"으…."

능글능글한 씨날두의 말투에 반디가 부르르 떨었다.

옆에서 칸제마도 같이 긁었다.

"이 봐, 씨날두에게 맞춰주기 시작하면, 한도 끝도 없어. 나 봐봐. 한 번 맞춰줬더니, 포워드가 어시스트하는 자리로 변했잖아."

농담과도 같은 말이지만, 뼈가 있었다.

씨날두와 칸제마 모두 반디의 변화를 촉구했다.

물론 반디도 욕심이 많았다. 그 누구보다도.

그러나 무조건적인 이기심이 아니라 냉정하게 판단해서 더 좋은 자리라면 양보하는 게 나을 것이라는 심리가 더 앞섰다.

어떤 생각이 더 나은 것인지는 체르니가 판단해주었다.

"당연히 둘의 생각을 절충해야 해. 너무 욕심을 부리지 않아도 안 되지만, 씨날두처럼 컨디션이 안 좋은 날 슛만 쏘는 것도 지양해야지."

그는 경기가 끝나고 반디가 궁금해서 물어본 것에 웃으며 대답해주었다.

"그런 의미에서 네가 슈팅 횟수가 적긴 적어. 지난 아틀레티코 마드리드 전을 생각해 봐. 네가 쏜 슈팅이 총 세 번이었다. 모두 유효 슈팅. 그중에 두 개가 들어갔지."

"……."

"슈팅 정확도는 이미 지표에서 나타난 것처럼 네가 최고야. 하지만 리그에서 올 시즌 총 득점은 일곱 개. 레알 마드리드의 스트라이커치고는 너무 적다고 생각하지 않아?"

반디는 인정하면서 고개를 끄덕였다.

프리메라리가에서 7득점이면 꼭 나쁜 것도 아니었다.

불과 스물을 앞둔 새내기에게는 특히나.

더구나 챔피언스 리그에서 네 골, 코파 델 레이에서 다섯 골을 합치면, 올 시즌 반디가 거둔 득점은 총 열여섯 개였다.

그러나 클럽의 미래라는 중책은 그 정도의 결과를 수용하기에는 매우 무거웠다.

그리고 팬들은 조급했다.

실상 이들의 마음을 조종하는 것은 기자들의 타이핑에서 나왔다.

반디를 다른 스트라이커와 동일 선상에서 올려놓고 하는 비교.

분명 최고의 능력을 갖췄지만, 골문 앞에서 소극적인 움직임은 비난의 대상이 되기 충분했다.

그런데 또 지금 이 모습이 당연하다는 분석도 나왔다.

TV 프로그램에 나온 모리에 청소년 대표 감독이 반디를 언급하며 그에게 힘을 실어준 것이다.

"사실 스페인에서 자란 선수들은 정확성에 대해서 주입받습니다. 이것은 문화적인 특성입니다. 슛은 마지막 패스라고 가르치는 지도자 덕분에 이런 선수들이 계속 탄생하는 거죠."

"그렇다면 에스테반 선수도 말씀하신 그 유형에 해당합니까?"

"아직은 모르겠습니다. 그리고 그러지 않기를 바랍니다. 스페인에 대형 스트라이커가 탄생한 지 꽤 오랜 시간이 흘렀습니다. 마음속으로는 당연히 그가 현재의 틀을 깨주기를 간절히 바랍니다."

한때 청소년 대표팀에서 반디와 갈등을 겪었던 모리에.

그런데 반디의 실력만큼은 인정했다.

또한, 프로그램에서 밝혔듯이, 반디가 스페인에서 나올 수 없는 스타일의 스트라이커가 되어 주기를 바랐다.

그의 바람대로 반디는 다음 경기 세비야 전에서 진화한 것처럼 보였다.

이 경기에서 반디는 두 골을 넣었기 때문이다.

총 슈팅 다섯 번에 유효 슈팅 세 번.

여타 경기보다 슈팅의 횟수가 늘었다.

그런데 다음 경기 발렌시아 전에 임해서는 또 다시 원래의 반디로 돌아왔다.

부진한 경기력은 전혀 없었다.

다만 슈팅 한 번에, 득점 한 개.

팀은 아틀레티코 마드리드전부터 3연승을 거두었지만, 반디는 자신의 플레이가 맘에 들지 않았다.

비록 열 번째 리그 득점으로, 드디어 스트라이커의 유능한 지표를 상징하는 두 자릿수 득점에 성공했지만, 표정이 다른 때와는 달랐다.

틀을 깨야 한다는 마음과 정확하지 않을 때 슛을 때리는 것은 말도 안 된다는 이성이 싸우기 시작했다.

이것은 미구엘의 가르침 때문이기도 했다.

스승이 하는 말이 항상 제자에게 맞는 것은 아니다.

미구엘 역시 스페인에서 자라온 전형적인 지도자였다.

반디에게 지도할 때, 쓸데없는 슈팅으로 흐름을 깨지 말라고 줄곧 말해왔다.

물론 그렇게 말한 이유는 어렸을 때부터 잘못된 습관을 들이지 않기 위해서였다.

그게 반디의 발목을 잡을 줄 몰랐다.

세군다 리가에서는 통하던 실력이 프리메라리가에서 약간 주춤한 이유가 바로 이것 때문이다.

반디에 대한 상대 수비수의 철저한 분석.

슈팅 타이밍을 빼앗고, 정확한 슈팅 기회를 주지 않으려는 움직임.

확실히 외국인 선수도 많았기에 더 효율적으로 반디를 막는 방법임이 확실했다.

그런데 반디의 의식이 변하는 계기가 드디어 도래했다.

바르셀로나 전을 앞두고 한 씨날두의 인터뷰.

"바르셀로나 전이요? 치열한 난타전이 될 것 같습니다. 뭐 당연히 저희가 승리할 거고요. 특히, 팀 동료 에스테반이 벼르고 있더라고요. 해트트릭한다나, 뭐라나? 여하튼 자신이 한 말은 항상 지키는 녀석이니까 기대하고 있습니다. 허풍쟁이가 되지 않기 위해서 노력하겠죠. 하하하."

반디가 이렇게 당해보긴 처음이었다.

항상 자신의 인터뷰로 누군가가 곤욕을 치렀는데, 이번에는 씨날두가 자신을 물고 늘어졌다.

하지만 반디는 고민하지 않았다.

곧바로 대응 인터뷰를 했다.

"맞습니다. 제가 그런 말 했습니다. 해트트릭 까짓것 뭐… 그런데 씨날두도 해트트릭을 약속했는데, 이거 참 걱정입니다. 바르셀로나가 그냥 동네 팀도 아니고, 어쩌자고 그런 말을 했는지… 저야, 뭐 능력껏 넣으면 되지만, 씨날두는… 음… 아시잖아요.”

옆에서 인터뷰하는 그의 말투를 보며 씨날두의 눈썹 끝이 올라갔다.

“아, 이거 그래도 기사화하지 마세요. 그랬다가… 저는… 아시다시피, 레알 마드리드는 선임들이 워낙 기가 세서….”

“하하하. 걱정하지 마세요. 제가 다 알아서 편집할게요.”

친 레알 마드리드 성향의 마르카 기자는 미소를 지었다.

옆에 씨날두가 있다는 것을 알면서 반디가 일부러 자극한다는 것을 느꼈기 때문이다.

“아, 그럼 이것은 어때요? 해트트릭 어시스트! 씨날두가 해트트릭 어시스트를 선언했다고.”

“그… 그것은?”

“다시 말씀드리지만, 솔직히 바르셀로나가 그냥 동네 팀은 아니잖아요. 6점 내기는 좀 말도 안 되는 것 같고, 세 골 정도로 봐주세요.”

“그… 그게 아니라….”

“자, 여기서 인터뷰 끝내겠습니다. 그럼 잘 편집해주세요. 하하하.”

그렇게 말하고 돌아서는 반디.

씨날두의 얼굴이 붉으락푸르락했다.

그는 훈련장으로 향하는 반디를 향해서 이빨을 씹듯이 이렇게 말했다.

"해트트릭 어시스트라고? 내가 네 호구냐?"

"무슨 그런 말씀을? 에이, 진심이 아니라는 것 아시잖아요? 하하하."

"진심이 아니라고? 인터뷰에서 그렇게 말하면 저거 대충 편집해서 써내는 게 기자란 말이야."

"그것을 아시는 분이 해트트릭은 너무하잖아요? 한두 골 정도면 좀 할만한데…."

이번에는 반디의 반격이 시작되었다.

즉, 먼저 당했으니, 복수한다는 의미인 것이다.

씨날두는 어이가 없다는 듯이 반디를 바라보았다.

"와아, 그나마 해트트릭이 더 나아. 해트트릭 어시스트가 더 어렵다고. 그거 몰라서 그래?"

"그런가요? 그럼 바꿀까요? 어때요? 가서 다시 말하고 올까요?"

씨날두는 잠시 진지해졌다.

그는 알았다. 반디는 진짜로 다시 가서 말하고도 남을 놈이라는 걸.

사실 인터뷰는 인터뷰일 뿐이다.

그런 공약이 다 지켜졌다면, 모든 선수가 득점왕에 모든 팀이 챔피언스 리그 우승을 한다.

"관둬라! 됐어. 내가 그냥 앓느니 죽지, 에구."

결국, 먼저 손발을 든 씨날두.

그런데 그의 귀에 이런 반디의 목소리가 다시 들리며 더 고민에 빠트렸다.

"아, 참! 그 이야기 말씀 안 드렸네요. 지금까지 제가 인터뷰에서 말한 것은 다 이뤘거든요. 아마도 이번에 팬들은 잔뜩 기대할 겁니다. 하하하."

인터뷰 다음날 다시 기사가 나왔다.

반디의 해트트릭 공약 다음에 씨날두가 최선을 다해서 돕겠다는 내용이었다.

그나마 마르카의 기자, 소리아가 레알 마드리드 팬이라서 잘 포장해서 쓴 기사였다.

그렇다 할지라도 바르셀로나의 팬들과 관계자들을 도발하는 기사가 연이어 나오자, 그들도 가만히 있을 수가 없었다.

당연히 악성 댓글이 나오기 시작했다.

– 에스테반이 누구얍? 어떤 듣보잡이지?

– 씨날두의 손자임. 할애비와 손자가 동시에 치매 걸렸음.

– 에스테반 코리안 아님? 그럼 초이를 도와야지.

여기서 말하는 초이는 바르셀로나의 공격수, 최선율을 말했다.

리오멜의 후계자라고 일컬어지는 선수.

한때 레알 마드리드가 그의 유소년 시절, 그를 스카우트하기 위해서 총력전을 기울였다는 사실도 이제 과거의 일이 되었다.

만약 레알 마드리드로 왔다면, 반디의 동료가 되었을지도 모른다.

어쨌든, 현재 프리메라리가 득점 선두가 바로 그였다.

사실 한국의 언론도 이 부분을 집중 조명했다.

반디와 최선율의 라이벌전이라는 타이틀로 수많은 기사가 쏟아져 나왔다.

이날이 마침 만우절이었기에, 확인되지 않은 인터넷 찌라시도 돌았다.

반디의 한국 귀화.

그의 어머니가 김민선임이 밝혀진 이상 반디가 귀화할 수 있는 조건이 갖추어졌다는 루머.

스페인의 인종 차별에 신물을 느낀 나머지 결심했다는 내용이 비교적 자세하게 적혀 있었다.

물론 사실이 아니었지만, 순간적으로 한국인들의 가슴

을 설레게 하는 찌라시였다.

그만큼 이들의 대결이 집중 조명을 받고 있다는 의미였다.

또한, 씨날두와 리오멜의 라이벌전도 뜨거운 화제였다.

다만 리오멜이 부상에서 회복한 지 얼마 되지 않아서 경기에 출전이 거의 불가능하다는 보도도 나왔다.

언론이 뜨거워지고 있었다.

세계에서 가장 유명한 더비, 엘 클라시코 덕분에.

애초에 싱거울 줄만 알았던 이번 더비.

프리메라리가 1위 바르셀로나와 4위 레알 마드리드의 대결은 바르셀로나의 압승을 예상했었다.

그런데 씨날두와 반디가 불을 붙인 것이다.

"어쩌려고 이런 말들을 자꾸 하니? 예전에 내가 골탕먹은 것을 생각하면, 아주 진저리가 난다. 그런데 이번에는 자충수를 둔 것 아니야?"

오늘은 바르셀로나의 지난 경기 동영상을 보며 분석해 보는 자리를 가졌다.

아직 영상이 나오기 전에 앉아 있는 반디를 보며 아구스틴이 걱정스럽다는 눈빛으로 쳐다보았다.

"자충수라니요? 지금까지 제가 한 말은 늘 부적과 같았잖아요. 하하하."

"뭐야? 항상 말한 대로 이루어지리라! 이거냐? 무슨 반디교 만들었니?"

어이가 없다는 듯 아구스틴이 고개를 저었다.

그러나 반디의 자신감도 엿보았기에 일단 고개를 돌렸다.

마침 레알 마드리드 전술분석관, 페코 피냐의 프리젠테이션이 시작되었기 때문이다.

"이 자료는 올덴부르크의 협조로 제공되는 것입니다. 극비이니까 보안 철저히 해주십시오."

올덴부르크라는 클럽이 다시 반디의 머리에 들어왔다.

정말 인연이 깊다고 생각했다.

이상하게 연관이 되어 있는 것 같았다.

"혹시 산체스가 보내준 건가?"

"그렇습니다."

아구스틴이 물어보자 피냐가 웃으며 대답했다.

원래 산체스는 아구스틴과 갈등을 빚으며 팀을 떠났다.

그러다가 올덴부르크의 전술코치로 발을 들여놓았는데, 팀을 잘 선택한 것 같았다.

그 이후 전화로 화해한 둘 사이.

어차피 팀 내 젊은 지도자들과 좋은 관계를 유지한 산체스였기에, 피냐가 요청했을 것이라 짐작한 아구스틴이었다.

"지난주에 있었던 챔피언스 리그 준결승 1차전 경기야. 올덴부르크가 4-1로 이겼지."

이번에는 체르니가 끼어들었다.

어차피 이 결과는 모두가 다 알고 있는 것이었다.

당시에 매우 충격적인 패배였기에, 언론에서 바르셀로나의 경기력을 맹비난했었다.

"깜짝 놀랐었죠. 어떻게 그런 결과가 일어난 것인지. 올덴부르크가 이렇게 강해질 줄은 예상하지 못했으니까요."

"그들은 강했어. 우리가 두 번 싸웠잖아. 한 번은 무승부, 그리고 또 한 번은 패배했지. 그게 우연이 아니라는 것을 이번에 증명하고 있어. 어쩌면 챔피언스 리그 우승이라는 기적을 만들지도 몰라."

아구스틴의 놀랍다는 말에 읊조리듯이 말하는 체르니.

이미 프리시즌에서 한국 투어와 유럽 슈퍼컵에서 올덴부르크를 경험한 레알 마드리드였다.

그때는 방심해서 진 것이라고 여겼는데, 지금 생각해보니 이길 팀이 이겼다.

반디도 마찬가지였다.

한국에서 그는 올덴부르크와 만나서 해트트릭을 올렸다.

그때만 해도 레알 마드리드의 주전 선수들이 참여하지 않아서 비긴 거라고 자위하는 사람들이 많았다.

하지만 반디는 유럽 슈퍼컵을 보고 깨달았다.

뛰어난 스트라이커와 살림꾼 미드필더들.

공수를 겸비한 양쪽 윙과 경기 조율에 능한 플레이 메이커까지.

거기다가 한국인 수비수의 파워 넘치는 디펜스가 반디의 눈에 똑똑히 박혔다.

이기는 팀이 강한 것이다.

그 평범한 진리. 반디는 요즘 그 말을 실천하기 위해서 자신을 발전시키고 있었다.

생각은 잠시.

어느새 프리젠테이션이 상당히 지나갔다.

피냐는 매우 적절한 지점에서 동영상을 집어넣으며 달변을 토해냈다.

"결국, 바르셀로나의 약점은 수비력입니다. 원래 공격적인 팀이기도 하지만, 아니 그렇기에 수비수가 반드시 발 빠른 선수를 고집합니다. 따라서 수비 라인을 올릴 때, 역습공간이 발생하고, 이것이 깨지면 위기가 찾아옵니다."

그는 결정적인 장면에서 동영상을 끊고 이렇게 이야기하다가, 다시 플레이시켰다.

화면에는 한국인 선수 하나가 상대의 페널티킥을 유도한 장면이 나왔다.

"올덴부르크의 윙, 한창수 선수입니다. 수비를 겸비한 선수인데, 이 동영상에서는 엄청난 공격력을 보여주었습니다. 이 선수가 잘하기도 했지만, 바르셀로나의 진형 자체가 윙을 쓰는 팀에 약하다는 게 다시 한 번 증명이 되었습니다. 이로써 윙을 통한 공격이 얼마나 적절한지 잘 알 수 있습니다….”

그의 설명은 계속 이어졌다.

윙을 통한 공격을 강조하면서 그의 눈이 씨날두에게 멈춰졌다.

선수들도 그의 시선을 따라 씨날두를 바라보았다.

그들은 알았다.

과거 레알 마드리드가 바르셀로나를 압도할 때에는 늘 양쪽 윙 포워드가 쉼 없이 적진을 압박했다는 것을.

씨날두 역시 과거 10년의 기억에서 자신이 경기력에 따라 바르셀로나와의 승부가 정해졌다는 것을 상기했다.

하지만 이미 전성기가 지난 시점이다.

요즘 그는 그 부분을 인정했다.

살짝 자존심을 버린 이유가 바로 그 때문이었다.

그래서 피냐의 분석에 동의는 하지만 정답이 아니라고 생각했다.

그러다가 체르니의 눈을 바라보았다.

기대감. 자신을 바라보고 있는 그 눈동자에 서려있는 것은 바로 그것이었다.

할 말이 분명히 있을 것이라는 예측.

역시 씨날두의 생각이 맞았다.

프레젠테이션이 끝나고 씨날두와 반디를 남긴 체르니.

"감독님, 이런 말씀 드리기 정말 자존심 상하지만, 제가 윙 포워드로 나선다는 것은 이제 좋은 카드가 아닙니다."

"아니죠. 좋은 카드 맞죠."

씨날두가 먼저 이야기를 꺼내자 반디가 반박했다.

"야, 넌 가만히 있어. 아무것도 모르면서."

"원래 선무당이 사람 잡는 겁니다. 겁이 없는 것은 잘 모르니까 그런 거예요. 그러니까 제 말 좀 들어보세요."

체르니는 호기심을 느꼈다.

원래 그는 이 둘을 남기고 나서 격려와 기대의 말을 전하려고 했다.

그의 장점은 덕으로 선수들을 감싼다는 것.

따로 전술 지시는 분석관과 코치들의 영역이었다.

그것을 종합해서 결론짓고 최종적으로 엔트리를 짜는 게 그의 몫이었는데, 지금 또 반디의 시각이 궁금했다.

선수들의 능력을 이끌어내는 데에는 세계에서 최고라는 평가를 들었다.

이것은 신체적인 부분만 해당하는 게 아니라, 정신적인 부분도 잘 뽑아낸다는 말이었다.

"그래 에스테반이 뭐 좋은 생각이 있는 것 같구나. 한 번 들어보자."

노안에 들어간 호기심. 그것을 충족시켜야겠다는 말투로 그는 에스테반을 바라보았다.

부담도 느끼지 않는다는 듯 반디는 웃었다.

"지금까지 중앙 미드필더로 활약했잖아요. 이미 윙 포워드로 나온다는 것 자체가 바르셀로나의 예측을 깨버리는 선택입니다."

체르니는 고개를 끄덕였다.

그러나 놀라지는 않았다.

이 정도는 전술 분석관이 이야기한 범주에 속했기 때문이다.

그런데 반디의 말, 정확히는 그다음에 이어진 씨날두와의 대화에서 감탄할 수밖에 없었다.

"그리고 씨날두의 전성기가 지났다고 생각하는 사람들에게 알릴 수 있잖아요. 전혀 그렇지 않다는 것을."

하지만 정작 씨날두가 인정하지 않았다.

"너… 정말… 휴우, 내 입에서 이런 소리가 나와야 하겠냐?"

씨날두는 슬프다는 듯이 말을 이었다.

"내 몸은 내가 잘 알아. 나이는 속일 수 없다. 내 전성기는… 슬프지만 지났어."

그 말에 반디는 강렬한 눈빛을 보이며 목소리를 키웠다.

"아뇨. 증거가 있습니다. 스피드가 줄지 않았어요. 씨날두는 체력만 저하된 것이지, 스피드는 전혀 줄지 않았습니다.”

“그… 그게….”

“정말입니다. 제가 느껴요. 직접 재보지는 않았지만, 확실합니다. 씨날두의 스피드는 지금까지 제가 보았던 윙 중에 가장 빠르게 느껴졌어요.”

“네가 가일을 못 봐서 그렇지, 걔는 5년 전에 날아다녔어. 지금도 그렇고. 하지만….”

“반디 말이 맞다!”

그때 논란을 종식시키는 체르니의 목소리에 시선을 돌린 반디와 씨날두.

빙그레 미소를 지으며 노감독이 목소리에 힘을 주었다.

“분석관은 공개하지 않았지만, 내가 자료를 가지고 있다. 최근 드리블 속도를 측정해 보았다. 놀랍게도 네 드리블 속도가 시속 37.1km가 나왔다.”

이 말에 놀라운 눈을 감추지 못하는 씨날두.

세계의 고속 드리블러는 늘 경쟁상대의 숫자에 민감했다.

씨날두 역시 마찬가지였는데, 그가 알기로 가일의 드리블 속도는 시속 36.9km였다.

그의 깜짝 놀란 얼굴을 보는 체르니.

그런데 그 역시 반디 때문에 놀란 상태였다.

체르니는 자신의 성향을 잘 안다.

선수의 장점을 끌어올리는 데 재능도 있고, 그것을 즐기기도 한다.

그런데 선수가 그런 스타일이 있다는 것은 이번에 처음 알았다.

'이건 이 아이의 또 다른 장점이라고 해야 하나? 허허허.'

NEO SPORTS FATASY STORY

퍼스트 터치

FIRST Chapter 60 TOUCH

시속 37.1km.

백 미터로 치면 약 10초 정도 걸리는 속도였다.

그것도 공을 달고 가면서 그렇게 할 수 있다는 것인데…

"와아, 점점 나한테 감탄하게 되네. 37km라니. 하하하. 기분 무지하게 좋은데…."

"쳇, 잘난 척하시기는."

"부럽냐? 꼬와? 꼬우면 너도 그렇게 달려보든지."

반디가 이죽거리는 것을 보고 씨날두가 약을 올렸다.

그러나 반디는 하나도 기분 나쁘지 않았다.

올 시즌 초반부터 지금까지 그는 씨날두를 계속 봐왔다.

처음에 자신감이 상실되기 시작하면서, 이제는 현실을 인정하고 받아들이는 모습이 왠지 모르게 자신의 우상을 잃는 느낌이었다.

그런데 지금 예전 모습이 다시 돌아오는 것을 보고 속으로 쾌재를 불렀다.

“근데 저도 빠르거든요? 못 들으셨어요? 제 드리블이 35.9Km라는 것. 같이 옆에 계셔서 들으셨을 텐데….”

“들었지. 나랑 무려 2km 차이가 난다는 사실.”

으스대는 씨날두.

하지만 그 역시 조금 있다가 표정이 변했다.

페드로가 달리는 모습을 본 것이다.

“37km라….”

자신과 거의 차이가 나지 않았다.

0.1km 차이는 거의 같다는 의미였으니까.

그런데다가 그는 젊었다. 언제든지 자신을 추월할 수도 있었고, 심지어 체력이 강해 후반까지 순간속도가 줄지 않을 것이다.

실상 씨날두가 현재 자신의 순간 속도에 자부심을 느끼기는 했지만, 한계성 역시 잘 알았다.

그것은 바로 체력.

페드로는 물론이고 반디도 후반으로 갈수록 드리블 속도가 주는 효과는 배가될 것이다.

그러나 서른여섯이라는 나이는 전후반 내내 최고 속도를 내지 못한다.

결국, 경험으로 메워야 했다.

그리고 훈련.

원래 자신의 자리로 돌아왔는데, 왜 이렇게 어색한지 모르겠다.

중앙에서 활약한 때가 1년도 안 되었는데 말이다.

다시 익숙해지기 위해서 그는 오랜만에 조명탑을 켜고 훈련에 임했다.

물론 반디는 그의 훌륭한 동반자가 되어 주었다.

그리고 드디어 경기 당일이 다가왔다.

“칫, 올 게 왔군요. 기대할게요. 오늘 도움.”

“으, 정말. 내가 왜 널 도와야 하는데? 나 먹고살기도 바빠죽겠구먼.”

경기를 앞두고 씨날두와 반디는 계속 티격태격했다.

사실 일부러 이러는 것이다.

오랜만에 경기에 나서는 나단이 이 모습을 보며 긴장을 풀 수 있도록.

1억 유로의 사나이 나단.

요즘은 1억 유로의 유리 몸이라는 별명이 붙었다.

달갑지 않은 그 별명은 그를 위축시켰다.

또 있다. 독일 출신의 중앙 미드필더, 타미.

그 역시 올 시즌 부상과 부진으로 신음하고 있는 선수였다.

이 둘이 마리오와 함께 중앙에 포진한다.

오랜만에 출전이라서 긴장한 모습이었다.

그래서 씨날두와 반디가 이런 대화를 하면서 그들의 시선을 끌었다.

그러나 긴장보다는 자신에 대한 불신이 이들을 늘 엄습했다.

이들에게는 현재 홈구장인 산티아고 베르나베우가 더 무서웠다.

자신들에게 든든한 지원군인 홈팬들이 감시자로 보였다.

통로에 들어서자 상대편 선수들은 왜 이렇게 자신감이 넘치는지 모르겠다.

그런데 그에 못지않게 자신감을 표출하는 사람도 있었다.

최전방을 책임지고 있는 반디였다.

"오랜만이야."

"좀 나아졌냐? 프리메라리가 처음 올라와서 고전하던데… 이게 혹시 한계 아냐?"

그에게 비아냥거리듯 이야기하는 이가 바로 카일이었다.

“그럼. 최근 세 경기 연속 득점했는데, 기사 안 봐? 그리고 오늘 해트트릭한다고 했는데….”

“드디어 무리수를 두었다고 생각했지. 안 됐어, 쯧쯧쯧.”

혀까지 찬다. 그러면서 레알 마드리드 선수단 전체를 자극하고 있었다.

이들은 앙숙이었다.

과거 청소년 대표팀에서 한 팀이었고, 둘이 속했는데도 우승했다는 게 믿기지 않을 정도였다.

“어이, 풋내기? 뭘 믿고 그렇게 나대나?”

씨날두가 결국 끼어들었다.

그를 살짝 본 카일은 시선을 다시 반디에게 돌렸다.

무시한다는 뜻이었다.

심지어 누군가가 속삭이는 소리가 씨날두의 귀에 들어왔다.

(노인정과 유치원이라는 비유가 맞아. 킥킥킥.)

(어쩌다 레알 마드리드가 저렇게 된 거야?)

(쟤는 1억 유로의 유리 몸이라며?)

들릴 듯 말 듯한 내용이었지만, 결과적으로는 다 전달이 되었다.

당연히 레알 마드리드 선수들의 얼굴에 분노가 새겨졌다.

씨날두 역시 마찬가지다.

눈을 크게 뜨며 입을 벌릴 찰나…

"오늘 한 판 하자 이건가? 네가 지금까지 나한테 이긴 적 있어? 단, 한 번이라도, 내가 뛴 경기에서 이긴 적이 있냐고? 오늘도 마찬가지 결과일 테니까 이렇게 자극하는 거지? 비겁하게 뒤에서 속삭이기나 하고 말이야. 하긴 그게 아니면 이길 방법이 없었겠지. 킥킥."

반디의 목소리였다.

이번에는 레알 마드리드 선수들이 놀랐다.

평소에 저런 식으로 이야기하는 것을 거의 들어본 적이 없었기 때문이다.

그 이후 양 팀 선수들은 한 마디도 나누지 않았다.

경기에 들어서도 마찬가지.

같은 팀원끼리 의사소통은 하지만, 상대와는 눈도 마주치지 않았다.

사실 분노는 레알 마드리드 선수들이 더 컸다.

원래 똑같이 당해서 1위 팀보다는 하위 팀이 더 무시당한다는 생각을 하는 법이다.

더군다나 바르셀로나 선수들의 귓속말에는 일부 사실이 포함되어 있었다.

시합을 앞두고 중압감에 눌려 보였던 나단은 그래서 지금 한껏 독이 올랐다.

한편, 오늘 관중석에서는 올덴부르크의 코치 이명훈이 앉아 있었다.

박정이 챔피언스 리그 준결승 2차전을 위해서 바르셀로나를 분석해보라고 그를 보낸 것이다.

경기가 시작되고 레알 마드리드의 전술을 보았을 때, 그는 지난번 올덴부르크의 진형이 떠올랐다.

산체스가 자료를 넘겼다더니, 그것을 응용해서 전술을 잘 짜온 모습이었다.

올덴부르크도 그 자료를 무상으로 제공할 생각은 없었다.

레알 마드리드가 바르셀로나의 진을 다 빼주어야 챔피언스 리그 준결승 2차전에서 수월하게 바르셀로나 원정을 올 수 있었다.

그것을 염원하고 지켜보는 중인데, 중앙에 있는 나단의 경기 모습이 눈에 띄었다.

1억 유로의 사나이.

유려한 퍼스트 터치와 섬세한 패스가 일품이라던 이 플레이어가 오늘 변화한 모습을 보였다.

다시 말해 그의 플레이가 터프 해지기 시작했다는 의미였다.

이명훈은 인상을 썼다.

저렇게 하다가는 상대에게 반칙을 범할 뿐이었다.

그런데다가 본인도 부상당할 확률이 높았다.

만약 올덴부르크 선수였다면, 그는 옆줄에 나가 자제시켰을 것이다.

이명훈만 그를 우려하는 것은 아니었다.

안토니오 역시 눈과 눈 사이를 좁혔다.

"저러다가 또 부상당하는 것은 아닌지 모르겠습니다."

"그러게. 갑자기 애가 왜 저러지?"

아구스틴도 체르니도 걱정의 수준이 점점 올라갔다.

그와는 반대로 타미는 소극적인 플레이의 연속이었다.

실수는 전혀 없었지만, 안전한 패스만 했다.

심지어 드리블도 하지 않았다.

오랜만에 자신의 위치에서 플레이하던 씨날두의 인상이 찌푸려졌다.

간간이 나단이 밀어준 패스는 있었지만, 타미의 패스가 전혀 오지 않았다.

주로 중앙이나 밑으로 가는 패스가 전부였다.

최고의 중앙 미드필더로 불렸던 타미였는데.

중앙에 구멍이 하나 생기면, 그것을 메우기가 정말 힘이 들었다.

오죽하면 자신이 그동안 중앙 미드필더로 활약했겠는가?

가뜩이나 바르셀로나는 중앙 공격이 강한 팀이었다.

그래서 오늘 체르니가 회심의 일격을 꺼내 들은 것인데, 타미가 도와주지 않았다.

실수를 두려워하는 모습이 역력했다.

반면 바르셀로나의 중앙 미드필더들은 탄탄했다.

카일 등 세군다에서 활약하던 유망주들이 대거 올라와 제 몫을 단단히 해주었다.

비록 최근에 올덴부르크에 불의의 일격을 당해서 챔피언스 리그 준결승 1차전에서 패했지만, 여전히 세계 최강의 중앙 공격을 갖추고 있는 모습.

“무슨 생각 해요? 생각할 여유가 있어요? 저는 해트트릭 준비로 바빠 죽겠는데….”

잠시 생각에 빠진 씨날두를 스쳐 지나가며 반디가 한마디 했다.

씨날두는 미소를 지으며 답변했다.

“해트트릭? 맞다, 너 그거 해야지? 그런데 어떡하냐? 저기 쟤네들이 안 도와주게 생겼다.”

“그러게요. 그래서 밑으로 내려가는 중이잖아요. 오늘 진 빠질 때까지 뛰어다녀야 할 것 같아요. 뭐 괜찮아요. 저야 공 빼앗아서 드리블하고 슛하면 되는데, 씨날두는 어떻게 어시스트를 해요? 확 안 받아 버릴까 보다. 킥킥킥.”

“뭐, 이 자식아?”

중앙으로 같이 뛰면서 하는 대화는 장난스러웠다.

그런데 확실한 것 하나가 보였다.

그것은 신뢰였다. 어느새 이 둘 사이에는 믿음이 생겼다.

물론 그것이 경기를 뒤집게 해주지는 못했다.

현재로서는 완전히 밀리고 있다는 표현이 사실이었으니까.

"타미가 너무 위축되었습니다. 나단은 뭐에 화가 났는지 독이 잔뜩 오른 모습이고요. 뭔가 실마리를 풀어야 할 것 같은데요."

"소리쳐도 소용없네. 이것은 마음보다 먼저 몸이 반응하고 있어. 휴우, 이러면…."

아구스틴의 답답하다는 푸념에 체르니의 마음도 먹먹해졌다.

말끝을 흐리는 것은 중앙 미드필더 셋에 대한 신뢰가 약해지고 있다는 것을 증명했다.

그나마 셋 중에 마리오가 가장 안정적인 모습으로 앞에 나섰다.

반디와 씨날두가 좀 더 간격을 좁히려 밑으로 내려오자 보조를 맞추려고 하는 움직임이었다.

이렇게 되니 타미와 나단이 한층 더 밑으로 처졌다.

겉보기에는 수비를 보호하려는 미드필더의 자리로 보였다.

즉, 더블 볼란치의 형태를 띠고 있었는데, 문제는 체르니가 그런 전술을 주문한 적이 없었다는 데에 있었다.

결국, 타미의 위축된 플레이와 나단의 거친 플레이가 만들어낸 조합이 이런 전술로 변했다.

다시 옆줄로 나가서 소리를 질러도 귀를 막아 놓았는지 이들의 플레이는 변함이 없었다.

"홈경기다! 홈이란 말이야? 내가 언제 역습 전술을 하라고 했나? 맞공격해라! 공격하란 말이다!"

라는 말로 타미를 자극했고,

"다치고 싶나? 또 병원 신세 지고 싶어? 거기서 왜 태클을 해? 넌 그런 거 안 해도 되잖아!"

라고 말하며 나단을 진정시켰다.

목이 터져 나갈 것처럼 부르짖었다.

나이도 많은데 저러다가 혈압이 올라오는 것은 아닌지 아구스틴이 걱정할 정도였다.

그런데 바르셀로나의 공격을 보고 더 혈압이 터져나갈 것만 같았다.

최근 물이 오른 한국인 공격수 최선율.

그가 무섭게 드리블하더니 타미와 나단을 제쳐냈다.

그리고 앞을 막아선 안토니오까지 따돌리며 발을 들었다.

그때…

좌아아악!

어느새 다시 붙어서 이를 악물고 나타난 나단이 최선율에게 태클을 가했다.

페널티 에어리어 안이었다.

"으악!"

최선율이 소리를 질렀다.

그리고 동작을 크게 하고 넘어지면서 심판을 보았다.

심판이 고개를 저었다.

반칙이 아니라는 뜻이었다.

심지어 어서 일어나라는 손짓까지 했다.

"쳇!"

최선율은 손으로 땅을 짚고 일어나서 항의하는 표정을 지었다.

아니 직접 뭐라고 불평하려고 했는데, 그럴 상황이 아니었다.

역습!

엄청난 속도로 레알 마드리드 선수들이 달려나가고 있었다.

시작은 안토니오였다.

그의 롱 패스가 발에서 떠났을 때, 레알 마드리드의 전방 삼각 편대가 엄청난 속도로 앞을 향해 진격했다.

길게 간 공의 종착점은 씨날두.

비록 반디의 장점인 퍼스트 터치가 그의 몸에서 화려하게 나오지는 않았지만, 상관은 없었다.

앞으로 치고 나갈 때 그를 방해하는 바르셀로나의 수비수는 전혀 없었기 때문이다.

좌라라락. 고속 드리블이 펼쳐지면서, 뒤늦게 그에게 따라붙은 풀백이 속도를 따라가지 못했다.

그리고 페널티 에어리어에 진입한 그에게 골키퍼가 붙었을 때…

툭.

무인지경에 있는 반디에게 공을 밀어주는 씨날두.

"못 넣으면 바보 새끼!"

반디는 그 말을 들을 새가 없었다.

슈팅 순간에 그의 집중력은 최고가 된다.

아무리 골대 안에 사람이 없다 해도 마찬가지.

강한 집중력으로 슈팅을 하면서 팀의 첫 번째 득점을 만들어냈다.

반디는 두 손을 벌리면서 씨날두에게 달려갔다.

그리고 꽉 껴안으면서 이렇게 말했다.

"두 개 남았어요. 하하하."

"으…."

양심도 없는 놈이라는 욕을 하고 싶었지만, 참아냈다.

이상하게 최면에 걸린 듯이 그에게 완벽한 득점 찬스를

만들어 준 자신의 모습이 믿기지가 않았다.

그런데 더 희한한 것은 기분이 좋다는 점이었다.

특히, 코너에서 몸을 풀고 있는 리오멜을 보니 더더욱 묘한 기분이었다.

리오멜은 지금 득점장면을 보고, 자신과 눈이 마주쳤다.

잠시 동작을 멈추고 굳은 얼굴을 했다.

씨날두의 입꼬리가 말려 올라갔다.

도발. 강력한 도발이었다.

빨리 필드로 나오라는.

그것을 애써 무시하며 다시 몸을 풀기 시작한 리오멜.

“저 녀석 도발하는데요? 잘하면 오늘 신구라이벌전을 다 볼 수 있겠군요. 초이와 반디, 씨날두와 리오멜. 하하하.”

“그러게. 그나저나 걱정했는데, 오히려 분노가 나단에게 힘이 되었어.”

아구스틴의 말을 가볍게 넘기며 체르니는 멀리서 나단을 지켜보았다.

올 시즌 팀에 합류한 나단.

실력은 출중했지만, 내성적인 성격이 문제로 드러났다.

좀처럼 동료들과 어울리지 못했다.

감정을 표현하는 모습도 드물었다.

그런 그가 드디어 오늘 분노를 표출했다.

비록 지금의 득점 장면에서 동료들에게 다가가 세레머니를 같이 즐기고 있지는 않았지만, 그의 표정은 한결 풀어졌다.

정확히 말하면 당당한 눈으로 바르셀로나 선수들을 바라보고 있었다.

마치 아까 그들이 말했던 비난에 대해 답하는 것처럼.

– 난 1억 유로의 유리 몸이 아니다.

위태롭게 보았던 그의 모습이 이제 변화를 맞이했다.

어쩌면 오늘의 경기를 시작으로 진정한 1억 유로의 사나이가 될지 모르는 일.

당연히 체르니는 지금을 잘 포착해 그를 성장시켜야 했다.

"잘했다! 잘했어, 나단!"

득점 장면의 단초가 되었던 안토니오, 그리고 결정적인 어시스트를 한 씨날두.

마지막으로 첫 득점을 이루어낸 반디를 제쳐 두고 체르니는 나단을 칭찬했다.

나단의 귀에 그 목소리가 들렸다.

당연히 시선이 벤치로 움직였다.

엄지손가락을 들어 올린 감독의 모습이 보였다.

그의 무표정한 얼굴에 살며시 미소가 스며들었다.

그 역시 엄지손가락으로 감독에게 화답했다.

경기 초반, 1-0.

의외의 일격을 얻어맞았다는 표정이 바르셀로나 선수단 얼굴에 가득했다.

특히, 카일은 자신을 스쳐 지나가는 반디의 웃음에 화까지 났다.

그러나 흥분은 절대 금물.

지난 청소년 대표 시절 반디의 플레이, 그리고 세군다리가에서 그와의 대결을 상기해야 했다.

상대 심리를 역이용하는 데 능했다.

아까 팀 동료 최선율이 넘어진 장면을 반디가 연출했다면?

페널티 킥을 받았을 것이다.

나이는 어리지만, 심판을 이용하는 능력도 타고났다.

더욱 조심해야 한다고 생각한 그가 뒤에 있는 수비진에게 이 사실을 알렸다.

하지만 말은 그냥 말일뿐이다.

아직 반디를 직접 경험하지 않은 수비수들.

전반기에 부상으로 출전하지 못했던 반디였기에, 오늘 첫 득점도 씨날두가 만들어준 것으로 생각했다.

카일은 그게 큰 오산이 되지 않기를 더 큰 목소리로 강조했다.

다행히 벤치에서도 자신과 같은 주문을 하고 있었다.

"역습 조심해라! 22번을 놓치지 말라고!"

호세 에르난데스.

그 역시 바르셀로나 출신의 감독이었다.

지난번 올덴부르크와의 경기에서 패하고 많은 비난을 받았었는데, 이번에 또 지면 경질 위기까지 갈 수 있었다.

그래서 조용히 몸을 풀고 있는 리오멜에게 눈이 갔다.

벌써 서른네 살.

리오멜도 한창 전성기에서 벗어난 상태였다.

오히려 씨날두보다 더 빨리 전성기가 들어갔다.

포지션 상 더 빨리 지치는 곳이었고, 중앙에 들어가 패스를 하기에는 경쟁자들이 만만치 않았다.

그래서 올 시즌 현저히 줄어든 그의 입지.

항간에는 미국 메이저 리그 사커에서 그를 원한다는 이야기도 들려왔다.

그는 바르셀로나에서 은퇴하고 싶다는 이야기를 계속 해왔지만, 이적의 세계에서는 어떤 일이 일어날지 모른다.

그리고 오늘도…

출전할 가능성이 거의 없다고 말을 들었지만, 후반전 시작하자마자 최선율을 대신해 들어가는 리오멜.

관중석이 들썩였다.

씨날두의 눈이 반짝거렸다.

드디어 오늘 경기가 최고의 하이라이트를 맞이했다.

그 절정에 이른 지점은 리오멜이 환상적인 드리블로 수비진을 제치고 직접 슈팅을 할 때였다.

레알 마드리드의 수비진도 리오멜에 대한 약점이 뚜렷했다.

일단 작년 멤버 대부분이 은퇴와 이적을 해서 그를 막는 노하우가 없었다.

요즘 레알 마드리드의 핵심 수비수로 떠오른 안토니오조차도 공이 발에 붙어 다니는 그를 놓쳤다.

지금 폼이 딱 예전의 폼이었다.

그리고 슈팅까지.

출렁!

1-1.

점입가경이다.

경기가 점점 더 뜨거워지고 있는 가운데, 반디의 얼굴에 미소가 그려졌다.

강한 상대를 만나면 생기는 승부욕.

그것이 가슴 속에서 솟아올랐다.

중앙에 놓인 공을 뒤로 보낸 뒤 석양을 향해 달려갔다.

이마에 맺힌 땀방울.

얼굴을 타고 내려가 그의 목덜미 위로 내려왔다.

바람이 불어 목덜미가 시렸다.

가슴 속에서 올라온 뜨거운 열정과 중화되기 시작했다.

뛰면서 돌아본 곳에 나단이 있었다.

눈이 마주쳤다.

'돌파해!'

자신에게 그렇게 말하는 것 같았다.

반디는 다시 시선을 돌려 페널티 에어리어까지 달렸다.

수비수의 틈, 그리고 그의 폭발적인 힘.

리오멜과 씨날두는 그들만의 장점이 있지만, 반디 역시 스트라이커의 본능이 있었다.

페널티 에어리어에 진입하기 시작한 그의 본능.

스파이크에 잔디가 파이고 사방으로 흙이 튀어 오른다.

그의 몸이 탄환처럼 공간을 파고들었다.

반디의 탄환 같은 속도에 맞춰서 빠른 패스가 들어왔다.

자로 잰 듯한 패스라는 말이 이럴 때 나오는 것이다.

눈앞에 공이 보였다.

망설일 필요는 전혀 없었다.

가속도를 붙여서 바로 때리는 슛!

Chapter 61

NEO SPORTS FATASY STORY

출렁!

"와아아아아!"

관중들이 모두 일어났다.

전광석화처럼 일어난 이 사건에 놀라지 않은 이가 없었다.

벤치도 마찬가지였다.

호세는 침묵했고, 체르니의 눈은 커졌다.

"저거 보십시오. 하하하. 저 녀석이 해줄 줄 저는 알고 있었습니다!"

아구스틴이 부르짖는 소리가 옆에서 들렸다.

반디에게 달려가고 있는 씨날두는 이렇게 외쳤다.

"젠장, 아직도 두 개 남았잖아."

"그러게요. 전 하나 남았습니다. 하하하."

씨날두의 말에 해트트릭 하나 남았다고 외치는 반디.

그런데 이 말이 약오르지 않았다.

씨날두는 리오멜 앞에서 보여주고 싶었다.

레알 마드리드가 바르셀로나를 압도하는 모습을.

그것만으로도 기뻤다.

과거 그를 괴롭혔던 언론기사들이 주마등처럼 지나갔다.

– 리오멜의 경쟁상대는 그 자신이지만, 씨날두의 경쟁상대는 리오멜이다.

라이벌 의식이 특히 강한 씨날두.

그 말에 얼마나 독하게 맘을 먹었는지 모른다.

개인 기록에 더 신경 쓰기 시작한 때에도 바로 그 시점부터였다.

지금 생각해보면, 그 이유로 가일이 떠나게 된 것 같아 많이 아쉬웠다.

그러나 기회는 아직 남았다.

자신보다 어리지만, 더 빨리 늙고 있는 리오멜.

비록 아까 예전 전성기의 모습을 잠시 보여주었지만, 그것은 수비의 적응력 탓일 수 있었다.

그의 예측이 맞았다.

더는 그의 드리블 돌파가 먹히지 않았다.

오히려 오른쪽에 있는 브라질의 이마르가 더 빠른 스피드로 수비를 유린했다.

하지만 그것도 잠시.

턱!

이마르의 눈이 커졌다.

자신의 앞에 등장한 누군가 때문에.

심지어 그는 자신의 공을 빼앗아 패스까지 했다.

그 눈은 마치 이렇게 말하는 것 같았다.

'씨날두가 수비에서?'

물론 씨날두 역시 수비를 한다.

그러나 지금처럼 헌신적인 모습은 단연코 처음이었다.

공을 빼앗았다면, 자연스럽게 이어지는 게 그의 드리블인데…

나단에게 공을 돌렸다.

팀을 위해서 자신을 버린 그 모습은 도저히 과거의 씨날두가 아닌 것 같았다.

패스를 받은 나단.

아까보다 훨씬 침착해진 1억 유로의 사나이가 역습 속도를 줄이지 않았다.

바로 리턴 패스.

씨날두의 고속 질주가 다시 시작되었다.

그런데 아까와는 달리 역습에 대비한 상대 측 윙백이 그의 시야에 들어왔다.

예전 같으면 그를 제치려고 하겠지만, 완전히 텅 빈 곳을 향해 시원하게 공을 뿌렸다.

반디도 이미 마크맨이 있었기에, 페널티 에어리어에 가장 빨리 진입한 페드로.

골키퍼가 나왔지만, 공이 먼저 도착한 곳은 페드로의 발이었다.

세게 때린 것도 아니다.

가볍게 골키퍼의 키만 넘기는 슛.

한 번 바운드가 되면서 골라인을 넘어가며, 오늘의 세 번째 득점을 만들어냈다.

"이 자식, 반디가 빙의했냐? 하하하."

"무슨 소리야? 비교는 사절이야. 킥킥킥."

마리오가 가장 먼저 달려와 축하해주면서 하는 말에, 페드로의 익살스러운 웃음이 뒤따랐다.

반디도 그 안에 있다가 뒤에서 누군가가 자신을 건드리는 것을 느꼈다.

그곳에 씨날두가 손가락 하나를 펴고 있었다.

"나도 이제 하나 남았다."

"하하하. 그러네요. 이거 참, 못 따라오실 줄 알았는데, 용케 따라 붙으시네요."

“어쭈? 정말 건방져졌어. 예전에는 내 눈을 쳐다보지도 못하더니.”

“제가요? 혹시 누구랑 착각하신 것 아닙니까?”

반디는 가볍게 웃으며 그의 말을 받았다.

이렇게 농담처럼 분위기를 즐기는 이들.

그러나 반대편, 바르셀로나는 초상집 분위기였다.

3-1.

두 점 차이로 벌어졌다.

중요한 것은 반전의 기미도 보이지 않는다는 점이었다.

리오멜까지 투입해봤지만, 오늘의 레알 마드리드는 이기기 힘든 팀이었다.

“그러니까 더더욱 이겨야 해. 만약, 오늘 진다면… 앞으로 몇 년간 이기기 힘들지도 모르니까. 너희가 늘 외쳤잖아. 카탈루냐는 카스티야에 절대 지지 않는다고.”

역시 노장이 분위기를 전환할 수 있었다.

리오멜의 한 마디가 다시 선수들에게 불을 붙였다.

반전이 없다는 생각을 다시 한 번 뒤집자는 발언.

카탈루냐의 혼.

그것을 가다듬는 선수들이 의지를 불태웠다.

바르셀로나의 중앙에 또 다른 한국인 선수가 투입되었다.

박승범.

원래 그가 최선율보다 더 일찍 바르셀로나에 입단했다.

3부리그로 떨어진 바르셀로나를 속칭 '하드 캐리' 해서 끌어올린 영웅.

프리메라리가에서의 활약도 나쁘지 않았다.

카일과 로테이션으로 나오며 팀에 공헌했다.

특히, 창의적인 패스에 일가견이 있었다.

나오자마자 날카로운 패스로 레알 마드리드의 진영을 휘젓는 그의 모습에 잠시 진열이 흐트러졌다.

"젠장…."

마리오의 입에서 자신도 모르게 욕이 나오려고 했다.

양발을 기가 막히게 썼다.

이런 타입의 선수가 가장 막기 힘들었다.

아까 최선율 역시 양발을 잘 썼다.

한국인들이 양발을 잘 쓴다는 소리를 어렴풋이 들었는데, 지금 보니 정말인 것 같았다.

양발로 하는 아웃 프런트 패스에 특히 고전했다.

탈압박의 기본인 아웃 프런트 패스.

왼발을 사용해서 리오멜에게 건네며 중앙으로 들어가는 박승범.

마리오는 그에게 따라붙었다.

한편 리오멜을 막고 있던 타미.

그의 눈빛이 빛났다.

후반전이 조금 지나자, 리오멜은 패스를 받은 후에 드리블을 시도하지 않았다.

영리한 결정이었다.

그게 통하지 않는다는 사실을 알고 중앙으로 파고들며, 패스에 주력했다.

타미는 노장일수록 드리블이 아닌 경기운용으로 밀리는 것에 대한 해법을 강구 해야 한다고 생각했다.

씨날두도 그랬고, 리오멜 역시 마찬가지로 변화하고 있었다.

비록 자신이 노장에 속하지 않는다고 여겼지만, 타미 역시 변화해야 한다고 마음먹었다.

이들이 알려준 것이다.

변화하지 않으면 도태된다는 것을.

이미 이번 경기에서 나단도 극복하는 모습을 보여주고 있으니, 이제 자신만 정신 차리면 된다.

순간 그의 눈에 리오멜의 패스 루트가 보였다.

'오른쪽….'

역시 맞았다.

이것을 미리 알아채면 유용할 거라는 생각.

한때 가로채기의 1인 자가 바로 타미였는데, 그때는 본능으로 시도했었다.

지금은 경험으로 해결할 수 있다는 예감이 들었다.

그러다가 마음속으로 고개를 저었다.

좁은 공간에서 기가 막히게 공을 돌리는 바르셀로나의 패스워크.

그것을 가로채기란 쉽지 않아 보였다.

예전에 자신이 아무리 가로채기를 잘했어도 바르셀로나의 패스를 빼앗아본 기억이 잘 떠오르지 않았다.

지금의 패스워크 때문이다.

오늘 역습 상황도 상대의 패스를 빼앗아 만든 것은 하나도 없었다.

그러니 미리 짐작하고 루트를 막는다면, 패스의 루트가 달라질 것이 뻔했다.

그렇다면…

다시 패스가 리오멜에게 돌아왔을 때, 그는 한쪽 어깨를 열었다.

리오멜의 눈이 빛났다.

그는 공을 보지 않는다.

예전, 드리블의 신이라고 일컬어질 때에도 공을 보지 않았기 때문에 그 명성이 더 커졌다.

상대의 미세한 움직임으로 드리블의 방향을 바꾸어서 침투나 돌파하는 기술.

그것이 리오멜로 하여금 수많은 발롱도르를 가져가게 했던 이유다.

폭발적인 스피드도 한몫했다.

지금 드리블로 침투와 돌파가 잘 안 되는 이유가, 그 속도가 감소했기 때문이다.

그때의 스피드가 나오지 않았다.

하지만 그때와 마찬가지의 시선은 살아 있었다.

타미의 미세한 몸짓으로 리오멜은 패스의 루트를 바꿨다.

오른쪽에서 왼쪽으로.

그런데…

“……!”

턱!

타미가 리오멜이 읽었던 방향의 반대로 뛰어가며 패스를 차단했다.

오늘 있었던 바르셀로나의 패스워크 중에서 가장 치명적인 실책이 된 사건!

정신적인 지주였던 리오멜이 패스 실수를 했다.

정확히 말하자면, 그가 실수한 게 아니라 타미가 유도한 것이지만.

“반디! 받아, 인마!”

타미는 공을 끄는 스타일이 아니었다.

전방으로 뛰어가는 선수 중에 반디를 바라보았다.

그것을 보고 씨날두도 달려갔다.

"나한테… 나한테!"

씨날두는 급하게 외쳤다.

자신이 공을 받아서 반디에게 어시스트해 주기 바랐다.

인터뷰에서 공헌한 것이 두려워서가 아니었다.

공언한 것을 위해 뛰는 반디에게 자극받았다.

반디가 지금까지 인터뷰에서 말한 것을 항상 지켰던 이유.

이제야 알았다.

최선을 다했고, 갖춘 능력으로 그것을 이루어냈다.

맹세코 저런 유형의 선수는 처음 보았다.

자신이 공언한 것을 사실로 만드는 능력.

아무나 할 수 없는 그 일이기에, 경이적이다.

아무리 경험과 연륜이 더 많더라도, 배울 점은 배워야 한다고 생각한 씨날두가 좀 더 앞으로 돌진했다.

안타깝게도 패스는 반디에게 갔다.

레알 마드리드에서 롱 패스를 할 때 1번 기준이 되는 것은 바로 그였기 때문이다.

강력한 트레이드 마크, 퍼스트 터치.

패스하는 입장에서 가장 신뢰할 수 있는 사람에게 보내는 게 제1원칙이기에 일어난 일이었다.

어쩔 수 없다는 듯이 씨날두는 페널티 에어리어를 같이 압박했다.

두 명의 수비수 중에 하나 정도는 자신이 끌고 나와야 했으니까.

그런데 두 명이 반디에게 붙어 버렸다.

자존심이 상했지만, 그 역시 인정했다.

수비수의 입장에서 자신보다 반디가 더 위협적일 수밖에 없다고.

그래도 할 수 있는 데까지 최선을 다했다.

위협적인 공간으로 파고들었고, 그곳이 바로 페널티 에어리어 안쪽이었다.

그때 반디에게 패스가 들어왔다.

완벽한 득점찬스가 씨날두에게 생긴 것이다.

머릿속에 세 번째 어시스트가 떠올랐다.

그렇지만 그는 바보가 아니었다.

어시스트에 급급해 완벽한 득점 상황을 날리는 어리석은 짓.

그에게 어울리지 않았다.

거기다가 반디의 목소리가 들려왔다.

"쏘세요!"

골키퍼가 자신을 향해 나오는 것을 보고 씨날두의 발이 반사적으로 스윙이 되었을 때…

찌익!

뒤에서 누가 붙잡으며, 유니폼이 늘어났다.

덕분에 정확히 차지 못했던 공이 골키퍼의 가슴 안으로 들어갔다.

삐이이익!

아예 빨간 카드를 준비해서 뛰어오는 심판.

"와아아아아!"

관중들이 흥분했다.

페널티 킥! 3-1의 상황에서 한 점 더 도망갈 수 있는 계기가 열렸다.

지난 전반기에 3-0으로 패배했는데, 완벽하게 갚아줄 경기.

그로 인해서 신이 날 수밖에 없었다.

씨날두는 일어나서 반디를 보았다.

레알 마드리드의 페널티 키커 1순위는 아직 자신이었다.

하지만 양보하고 싶은 마음이 강렬했다.

자신감이 없어서가 아니었다.

비록 페널티 킥 유도가 어시스트에 해당하지는 않았지만, 이렇게 해서라도 그에게 세 번째 득점을 선사하고 싶었다.

그래서 입을 열려던 그 순간…

"기대할게요. 하하하. 저 페널티 킥 약한 것 아시죠?"

반디가 이 말을 하고 물러섰다.

머릿속으로 온갖 생각이 들었다.

진짜 반디가 페널티 킥 성공률이 낮은지 떠올려본 것이다.

물론 그럴 수도 있었다.

생각해 보니 반디가 페널티 키커로 서 본 게 한 번도 없었다.

세군다 시절은 전혀 알 수 없다.

중요한 것은 현재. 괜히 반디에게 양보했다가 그가 실패하면, 양보한 것만도 못 한 결과가 이어진다.

그래서 고개를 끄덕이고 미소를 지었다.

"알았다. 젠장, 또 어시스트 하나 해야 하잖아…."

"그럼, 5대 1! 가나요? 하하하."

뒤로 물러나면서 반디가 다시 한 번 크게 웃었다.

불가능한 일은 아닐 것이다.

바르셀로나에서 한 명이 퇴장까지 당한 상황이니 말이다.

다만 시간의 압박.

5분도 남지 않았다.

그래서 씨날두는 머릿속으로 오늘의 공약은 지키지 못할 것으로 여겼다.

페널티 킥을 차는 순간에도 마찬가지.

그가 득점하면 레알 마드리드의 최고 득점 기록은 계속 경신된다.

기뻐해야 하는 순간에도 어시스트와 해트트릭이 머릿속에 남았다.

그러다 보니 공에 무리한 힘이 들어갔다.

텅!

골키퍼를 넘겼지만, 정확히 골포스트를 맞고 튕겨 나왔다.

그리고 그것을…

쾅!

머리로 받아서 끝내 득점한 반디.

재빨리 일어나서 씨날두에게 달려왔다.

“우리 약속 지킨 겁니다. 하하하. 고마워요! 일부러 이렇게 골포스트를 맞힐 생각을 하시다니….”

“그… 그래. 하하하. 일부러 그랬다, 일부러… 하하하.”

둘 다 일부러 맞히지 않았다는 것을 알고 있었다.

골대 맞추는 것은 하라고 해도 쉽게 할 수 없었다.

더군다나 페널티 킥 득점 상황에서 어시스트하기 위해서 골대를 맞히는 미친 짓은 욕먹기에 십상이다.

하지만 그런들 어떤가?

또, 이것이 자신의 어시스트로 기록되든 아니든 씨날두에게 아무 상관이 없었다.

반디가 해트트릭했다는 게 이상하게 기분이 좋았다.

거기에다가 오늘 4-1로 승리한 상대 팀이 바르셀로나.

과거의 라이벌 리오멜까지 나왔으니 점입가경이었다.

이래저래 씨날두의 기억 세포에 오늘의 사건은 영원히 기억될 것이다.

그리고 관중석에서 이들을 보고 있는 또 한 명의 남자.

그 역시 이 기억할만한 장면을 보고 흐뭇하게 미소를 지었다.

이명훈이었다.

그의 시선은 반디에게 꽂혔다.

그가 한국인의 피를 가지고 태어나서 따뜻한 시선으로 보는 것일지도 모르지만, 정확한 이유는 그의 입에서 나온 말 때문이었다.

"형님… 좋겠수. 아들이 저렇게 잘해서. 후후후."

명훈이 레알 마드리드와 바르셀로나의 대전을 보러 온 이유는 물론 전력 분석 때문이었다.

그런데 사실 한 가지 더 하고 싶은 일이 있었다.

그래서 감독인 박정에게 부탁한 명훈.

일단 전력 분석이라는 점에서 올덴부르크의 감독, 박정은 그의 요청을 들어주었다.

바로 마드리드로 날아와서 명훈은 충분히 바르셀로나의 전력을 탐색했다.

얻어가는 것도 적지 않았다.

오늘 4-1로 레알 마드리드가 이기게 된 방법과 바르셀로나의 퇴장 선수 등.

이런 것이 밑알이 되어 2차전에서 올덴부르크의 승리를 만들 것으로 확신했다.

그러면 꿈에 그리던 챔피언스 리그 결승전에 오른다.

벌써 감동이 물밀 듯이 솟아났다.

또 하나의 감동은 다른 종류였다.

바로 반디의 성장.

그는 최근에 반디가 누구라는 것을 알게 되었다.

민선의 아들이었다. 전도유망한 수비수, 김우혁의 아들이기도 했고.

마드리드에서 민선을 만나기로 한 이유는 이것에 대해서 자세히 듣기 위해서였다.

마드리드 공항에서 만난 민선은 매우 밝은 모습이었다.

"정말 오랜만이에요."

"그러게요. 잘 지내셨어요, 형수 님?"

"저야, 아주 잘 지내고 있죠. 요즘은 반디 때문에 하루가 너무 잘 간답니다."

목소리에 행복이 넘쳐나는 민선.

그녀를 본 지 거의 이십 년이 다 되어간다.

명훈은 자신의 선배인 우혁과 결혼할 때의 표정을 그녀의 얼굴에서 다시 보는 것 같았다.

"그 아이의 이름이 반디군요. 몰랐습니다."

"한국 이름이 반디예요. 사실 에스테반이든 반디든 상

관은 없어요. 그 아이가 어디서든 잘 살아간다면, 저로서는 행복할 뿐이죠."

명훈은 고개를 끄덕였다.

그 역시 마찬가지다. 한 차례 이혼했지만, 자신의 자식들이 상처 입지 않기를 바랐다. 그들이 행복하게 잘 자라주기를 원했다.

언제나 그렇지만, 자식을 키우는 부모의 마음은 같았다.

"우혁이 형이 지금 반디의 모습을 본다면 참 좋았을 것을…."

명훈은 갑자기 예전에 자신이 따랐던 우혁을 떠올렸다.

그러다가 깨달았다. 자신이 실수했다는 사실을.

민선 앞에서 그의 이름을 꺼내 상처를 주는 것.

하지 말았어야 했는데, 민선의 얼굴을 보고 약간 놀랐다.

여전히 미소를 짓고 있었다.

아까 필드에서 본 반디의 웃음과 매우 닮았다.

심지어 그녀는 아무렇지도 않게 이렇게 말했다.

"그러게요. 아마도 하늘나라에서 보고 있을 거예요. 자신을 닮은 아들의 모습을…."

그녀의 눈망울이 아득해졌다.

이미 다른 세상에 가 있는 사람을 떠올리는 게 분명한 눈빛.

명훈 역시 눈에 선했다.

다시 볼 수 없는 사람을 잠시 그렸던 두 남녀는 그렇게 헤어졌다.

NEO SPORTS FATASY STORY

FIRST Chapter 62 TOUCH

레알 마드리드는 시즌을 모두 승리로 이끌었다.

최종 순위는 2위. 시즌 내내 3위 안에 들지도 못했기에, 나쁜 성적은 아니었다.

하지만 언론은 이번 시즌을 실패라고 규정지었다.

마드리드 신문, 루에카 기자가 가장 공격적이었다.

체르니 감독을 경질해야 한다는 기사.

선수들과의 불협화음을 계속해서 초래하고 있다는 추측도 집어넣었다.

이에 대해서 체르니는 대꾸할 가치도 없다며 무시하고 나섰다.

회장인 로메오도 체르니를 신뢰한다면서 다음 시즌을

기대해달라고 인터뷰했다.

새로운 영입 선수를 묻는 말에는,

"감독과 상의하겠습니다. 그가 원하는 선수가 있다면 영입을 추진하겠지만, 저희에게는 카스티야에서 올라올 많은 선수가 있습니다."

결국은 특별한 영입을 하지 않겠다는 의미나 마찬가지였다.

또한, 그는 마무리 훈련이 한창인 연습구장에 방문해서 노장 선수들의 공로를 칭찬했다.

"여러분들이 없었다면, 올 시즌은 어려웠을 거예요. 항상 고맙게 생각하고 있습니다."

이 말이 씨날두 등 노장 선수들의 눈을 빛나게 했다.

그렇지만, 이들에게도 선택의 기로가 있었다.

일단 고향팀으로 돌아가기를 원하는 칸제마.

그는 반디와의 경쟁이 힘들다는 것을 깨달았다.

결국, 이적 신청은 받아들여졌고, 옛 레전드를 맞아들이게 된 올림피크 리옹.

세비앙은 은퇴를 선언했다.

이번에 새롭게 올라온 세바스티안 등과 경쟁에서 그 역시 자유롭지 못했다.

다만 씨날두는 다음 시즌을 한 번 더 기약했다.

이대로 끝내기에는 아쉬웠다.

아직 서른여섯. 적은 나이가 아니었지만, 한 시대를 풍미한 영웅은 2, 3년 더 뛸 수 있다는 자체 판단을 내렸다.

선수 생활을 간신히 연명한다는 의미는 절대 아니었다.

"제가 발롱도르 탈 때까지는 뛰어주셔야 합니다."

라는 반디의 말 때문도 아니었다.

그 말에 반응한 자신의 의지 때문이었다.

"무슨 소리! 2, 3년은 기다려야 할 거야. 내년도, 그리고 그다음 해의 발롱도르도 바로 내 거거든. 하하하."

허세로 보일 수 있는 목소리.

그러나 경쟁하고 싶었다.

새롭게 대세로 떠오르는 반디와.

그리고 챔피언스 리그 우승을 다시 한 번 꿈꾸었다.

어느새 정이 들어버린 반디에게 우승컵을 선물하고 은퇴하고 싶었다.

한편, 반디는 결혼을 추진하고 있었다.

민선이 비시즌 기간에 마드리드를 방문했을 때, 그는 아만다와 결혼할 것이라고 선언했다.

"버… 벌써… 결혼한다고?"

"엄마도 빨리하셨잖아요. 하하하. 전통을 이어가야죠."

"그래도…."

'이 나이에 할머니가 되기는 싫다'는 말을 하려고 했다.

그렇지만 옆에서 흐뭇한 눈으로 보고 있는 레오나르도와 벨라의 눈빛을 보고 그만두었다.

그들은 이 결혼을 매우 반기는 것 같았다.

결국, 인정해야 할 상황이었고, 반대할 자격도 명분도 없다고 여긴 민선.

심지어 결혼도 하기 전에 아만다는 집으로 들어와 반디와 한방을 썼다.

스페인에서는 흔한 일이었다.

요즘 한국도 많이 개방되었지만, 민선은 당황할 수밖에 없었다.

아침 식사를 같이 하면서 이 어색한 장면에 할 말을 잃은 그녀.

"엄마, 아만다가 아이를 빨리 갖자고 해요. 하하하."

"응? 으응…."

머릿속에 '할머니' 라는 말이 계속해서 새겨지게 하는 반디와 눈을 마주치지 못했다.

"근데… 네 여성 팬들이 많이 슬퍼하겠다. 그지?"

"뭐 어쩔 수 없죠. 걔들이랑 결혼할 것도 아닌데."

"그… 그렇지. 맞아. 참… 피는 못 속인다더니, 네 아버지랑 똑같은 말을 하는구나."

"어? 그런 말씀을 하셨어요?"

아버지에 관한 이야기가 나오자 반디는 눈을 크게 떴다.

항상 호기심의 대상인, 아버지 김우혁.

자신의 핏줄이 걸어왔던 인생을 알고 싶었기에 그는 귀를 기울였다.

"그래… 나와 결혼하면 후회하지 않겠냐고 질문했었지. 네 아버지도 꽤 여성팬들이 많았거든. 그런데 그 팬들이랑 결혼하는 것도 아니라면서 결국 결혼을 밀어붙였단다."

"그렇군요."

반디는 미소를 지었다.

아버지를 닮았다는 그 말이 이상하게 기분이 좋았다.

사실 많은 것을 묻지 못했다.

한창 시즌 중일 때에는 축구에만 몰입해야 했으니까.

이제 좀 한가한 상황. 결혼 준비하는데도, 그리고 가족과도 많은 시간을 보내고 싶었다.

레알 마드리드의 본격적인 선수단 휴가가 결정되고 나서 반디는 새집으로 이사하게 되었다.

지난 시즌 말 재계약할 때, 클럽은 그에게 집까지 제공한다고 계약서에 명시했다.

그래서 대단히 넓은 가옥을 선택한 반디.

이유를 물어보는 친구들에게는 이렇게 대답했다.

"응. 아들, 딸 많이 낳아서 모두 모여 살려고."

"윽, 요즘 세상에도 그렇게 다 모여 살려는 사람이 있네. 너 좀 구식… 큭!"

하던 말을 잇지 못한 페드로.

옆에서 빅토르가 옆구리를 찌른 것이다.

마리오도 눈짓했다.

이들은 어렸을 때부터 반디를 잘 알아온 친구들.

반디가 왜 이런 결정을 하는지 짐작했다.

입양아로 자란 반디가 가끔 자식을 많이 낳아서 함께 살고 싶다는 말을 했으니까.

현재 양부모한테도 고마움에 대해 보답하기를 바란다고도 표현했다.

이제는 한 명 더 추가되었다.

그게 바로 민선이었다. 생각했던 것보다 더 넓은 집을 선택한 이유가 바로 거기서 나왔다.

그런데 눈치 없게 '구식' 이니 하는 말로 반디에게 비아냥거리는 페드로.

그를 응징하지 않을 수 없었다.

그런데 그들이 어떤 생각을 하든 간에 큰 관심이 없어 보였던 반디.

앞에 있던 쥬스를 한 번에 들이키고 나서 일어섰다.

"그럼 나 나간다. 오늘 엄마가 잠깐 보자고 해서."

"어떤 엄마? 한국… 큭!"

다시 한 번 옆구리를 가격당하는 페드로.

반디가 떠난 후에 눈을 부라리며 빅토르를 바라보았다.

"자꾸 왜 그래?"

"네가 눈치 없이 이상한 말을 하니까 그렇지."

"어떤 엄마라는 말이 뭐가 이상해? 한국 엄마인지, 벨라인지… 엄마가 둘이니까 궁금하잖아."

"에이, 바보야. 당연히 한국 엄마지. 눈치 보면 몰라? 결혼 앞두고 선물 사준다고 아까 반디가 말했잖아."

그랬다. 오늘 잠시 이들과 만나고 나서 몰에 가야 한다는 말을 했던 게 기억이 난 페드로.

무안한지 그 역시 쥬스를 들이켰다.

그러고 나서 하는 말.

"심심한데… 저번에 만났던 모델들 부를까?"

민선이 사준다던 선물은 다이아몬드 반지였다.

아만다에게 해주고 싶다고 했다.

둘이 만나서 의사소통이 쉽지 않으니 반디에게 요청할 수밖에 없었다.

어쨌든, 결혼반지까지 생각했다는 것.

민선은 이 결혼에 대해서 이제 마음을 내려놓기로 했다.

"예뻐요. 정말 보는 눈이 대단하세요."

아만다는 민선이 골라준 다이아몬드 반지를 보며 이렇게 말했다.

그 말을 반디가 통역했고, 그제야 민선은 미소를 지었다.

"예쁘다니 다행이구나."

"역시 여배우는 다르네요. 감각이 있어요. 제가 봐도 여기 있는 다이아몬드 중의 최고인데요? 근데 가격이 꽤 비싸요. 괜찮으시겠어요?"

"나 돈 많아. 걱정하지 마라. 자, 여기… 이건 너에게 딱인데, 한 번 보자. 응?"

이번에는 반디의 결혼 예물을 가리켰다.

매장에 있는 직원이 웃으면서 반지를 건네자, 그것을 받아든 반디가 웃으며 말했다.

"저기 있는 목걸이 하나 주세요."

"아, 세트로 하시려나 봐요. 정말 부러운 걸요? 에스테반이랑 결혼하는 것도 질투 나는데, 이렇게 멋진 예물까지 다 받고. 호호호."

호들갑을 떠는 직원의 말에 아만다도 은근히 기대했다.

생각해 보니 지금까지 반디에게 선물을 한 번도 받지 못했다.

이번 반지도 민선이 골라주는 것이니, 어쩌면 이 목걸이가 첫 번째 선물이 될 것이다.

이 장면을 옆에서 흐뭇하게 바라보는 민선.

그런데 그녀의 얼굴에 놀람이 떠올랐다.

반디가 목걸이를 자신의 목에 걸어주는 것이 아닌가?

"이… 이건…."

"엄마에게 주는 선물이에요. 받았으니 보답해야죠."

"그… 그런…."

말더듬이가 된 민선. 제대로 말을 잇지 못했다.

반디는 듣지 않아도 알겠다는 듯이 웃으며, 이번에는 직원에게 말했다.

"이거와 같은 걸로 하나 더 주세요."

이번에는 아만다였다.

그녀의 목에 목걸이를 걸어주면서…

"좋네요. 멋져요. 정말 잘 어울립니다. 하하하."

흡족해하는 웃음을 터트리는 반디.

살짝 감동한 민선의 눈망울이 흔들렸다.

"또 우시려고 하는 거예요? 이제 안 울기로 했잖아요."

"기… 기뻐서 그런다. 그래도 안 울 거야. 정말이야."

그 말을 하면서도 눈물이 새어나와 시선을 돌렸다.

그 날 그녀는 목걸이를 찬 채 잠에 빠져들었다.

그런데 꿈속에 나타난 반디의 아버지, 김우혁.

이상하게 낭만적인 장면이 아니라 축구를 하는 모습이었다.

뉴 리베로. 반디의 아버지, 우혁의 별명이었다.

당시 한국 축구의 영원한 리베로이자 영웅이었던 한 수비수의 후계자라는 말이 언론을 도배했다.

그만큼 뛰어난 선수였는데, 안타깝게도 실종을 당했다는 것은 그녀에게도 한국 축구계에서도 큰 손실이 아닐 수 없었다.

아무튼, 우혁은 꿈속에서 그녀에게 이렇게 말하고 있었다.

"최고의 수비수 아들은 최고의 공격수야. 하하하. 기뻐, 정말 기쁘다고."

민선은 그 말을 듣고 자면서도 미소를 짓지 않을 수 없었다.

그리고 남편에게 이렇게 말했다.

"우리 반디가 색시를 맞이해요. 당신에게도 이제 손주가 생길지 모른답니다."

이 주일 후 반디는 결혼식을 올렸다.

그리고 신혼여행에서 돌아온 후에 인터뷰에서 새로운 시즌에 대한 목표를 말했다.

"모두 다 가지고 올 겁니다. 리그 우승도, 코파 델 레이컵도, 마지막으로 챔피언스 리그도요. 아… 그리고 개인적으로는 발롱도르도 제 품 안에 넣고 싶습니다."

축구선수로서 엄청난 목표를 모두 다 입에 담았다.

그의 큰 포부에 동참한 레알 마드리드의 영건들.

지난 시즌부터 함께 한 페드로와 빅토르, 그리고 마리오 또한 3관왕을 목표로 한다고 인터뷰에서 밝혔다.

특히 페드로는,

"발롱도르는 제 것입니다. 지난번에 팀 동료, 에스테반이 그것을 목표로 했는데, 강력한 경쟁자는 아마도 제가 될 것 같습니다. 아시겠지만…."

"어? 죄송합니다. 저기 씨날두다!"

갑자기 그와 인터뷰하던 기자가 외쳤다.

그 소리를 듣고 주변에 몰려 있던 기자들이 씨날두에게 우르르 몰려갔다.

"저… 저기요? 저 아직 말 안 끝났는데요?"

개막전을 깔끔하게 5-0으로 그라나다를 제압한 레알 마드리드.

반디가 한 골, 그리고 놀랍게도 페드로가 두 골을 넣었다.

더 놀라운 것은 씨날두가 어시스트 다섯 개를 도맡았다는 사실.

그래서 기자들이 그에게 달려간 것이다.

"오늘 어시스트를 다섯 개나 했습니다. 엄청난 기록입니다. 하실 말씀이라도…."

"동료들의 도움이 컸습니다. 사실 패스해주는 것마다 득점하기란 쉬운 일이 아니지 않습니까?"

겸손한 그 말에 기자들이 흐뭇하게 웃었다.

예전과는 완전히 달라졌다.

하늘 아래 오만한 기운이 가득 넘쳤던 씨날두였는데.

"그라나다 팬들이 대단히 기분 나빠할 것 같습니다. 2015년에 다섯 골을 선물해 주고 가셨는데, 오늘은 득점 대신 어시스트이니까요. 그래서 말인데, 올 시즌 목표는 어시스트 왕인가요?"

"아뇨. 목표는 따로 있습니다. 일단 팀이 3관왕을 하도록 최선을 다해서 돕는 게 첫 번째입니다. 그리고 두 번째는 개인적인 목표인데…."

"……."

"발롱도르입니다."

기자들의 얼굴에 나타난 표정.

조금 전까지 겸손해졌다고 여겼는데 오산이었다.

씨날두의 나이 서른일곱을 향해 달려가고 있었다.

그런데 발롱도르라니?

"하하… 팀에 발롱도르를 목표로 하는 선수들이 참 많네요."

"아, 누가 또 이야기했던가요? 에스테반? 페드로? 걔들이 좀 말도 안 되는 인터뷰를 많이 하던데…."

이렇게 나타난 허세 3인방.

저마다 자신의 장점을 들어 발롱도르에 대한 목표를 숨

기지 않았다.

그러나 기사는 꽤 객관적일 수밖에 없었다.

발롱도르의 가능성이 가장 높은 선수로 바르셀로나와 첼시, 그리고 뮌헨의 선수들을 들었다.

씨날두는 노장에 속한다는 이유로, 그리고 반디와 페드로는 아직 유망주에 불과하다는 까닭으로 후보에 올려놓지는 않았다.

그래서 기사를 보고 페드로가 성질을 냈다.

“이거 뭐야! 내가 발롱도르를 노리고 있다고 했는데, 그런 이야기가 나와 있지 않잖아.”

“안 나온 게 다행이지. 개막전에서 운 좋게 두 골 넣었다고, 세상이 다 네 중심으로 돌아간다고 착각하는 거냐?”

역시 비수를 가지고 자신의 마음을 찌르는 것은 빅토르였다.

“운 좋게? 무슨 말도 안 되는 소리. 당시 내 스피드를 쫓아 오지 못해서 넣은 득점이었어. 반디도 인정했다고. 자기가 본 사람 중에 내가 가장 빠르다면서.”

“알았다, 알았어. 그런데 말이야. 아무리 그래도 이번 시즌은 반디가 그나마 가장 발롱도르에 근접해 있어. 개막전에 비록 한 골밖에 못 넣었지만, 알잖아. 걔 요즘 물이 올랐다는 거.”

이 말은 인정할 수밖에 없었다.

당시에 골대를 두 번이나 맞추지 않았다면, 해트트릭했을지도 몰랐다.

그래도 꺾이고 싶지 않은 페드로.

"아무튼, 목표는 목표야. 난 최선을 다하겠어."

라고 말하며 연습 구장의 필드로 뛰어 나갔다.

빅토르는 마리오를 보며 어깨를 들썩였다.

"누가 들으면 내가 구박한 줄 알겠어."

"구박 맞아. 페드로가 하겠다는데, 굳이 기는 꺾지 마라."

"그게 아니라, 사실 반디랑 자꾸 경쟁하려 들다가는 더 실망할까 봐 그렇지. 이적 제안만 봐도 알 수 있잖아. 맨유가 반디한테 7천만 유로를 불렀다면서?"

마리오가 고개를 끄덕였다. 아직 공식적인 뉴스에 나오지는 않았지만, 훌리안에게 들었다.

맨체스터 유나이티드가 곧 이적 제안을 발표할 거라는 소식.

그리고 훌리안의 말이 맞았다.

다음 날 레알 마드리드의 유력지 〈마르카〉 등 대부분의 일간지에서 맨체스터 유나이티드의 이적 제안 소식이 1면을 뒤덮었다.

이게 사실인지 아닌지는 레알 마드리드의 보드진만 알고 있었다.

다만 이런 보도에 기자들이 벌떼처럼 들러붙을 수밖에 없었고, 로메오 역시 그들에게 견해를 밝혀야 했다.

"맨체스터 유나이티드에서 제안이 오지 않았습니다. 저는 그 말씀을 드리고 싶습니다."

"그럼 제안이 오면 검토할 계획은 있으신가요?"

"전혀요. 레알 마드리드에 있어서 에스테반은 이적불가입니다."

확고한 목소리.

질문했던 기자가 살짝 무안해질 정도였다.

사실 이적이 가능한 기간에 수많은 선수가 맨체스터 유나이티드와 연결이 된다.

중요한 것은 맨체스터 유나이티드와 연결되었다는 것.

그만큼의 클래스가 증명된 선수라는 게 분명했다.

반디가 벌써 그런 선수가 되었다는 것을 주목해야 한다.

그런데 그게 끝이 아니었다.

정말로 맨체스터 유나이티드에서 이적제안이 왔다.

7천만 유로까지는 아니지만, 그 액수에 거의 가까운 6천만 유로를 제안했다.

한국 돈으로는 712억 원.

큰 액수를 투자할 만큼 반디의 가치를 높이 평가한다는 그들의 제안에 레알 마드리드 보드진은 당황하는 기색이 역력했다.

"설마 8천만 유로까지 베팅하지는 않겠지?"

"모르겠습니다. 일단은 거절했지만, 다음 액수를 보고 판단해야 할 것 같습니다."

폴리는 로메오에게 이런 식으로 답변했다.

그는 지난 재계약 시 반디의 가치를 좀 더 상향 조정해서 보고서를 올렸다.

2억 유로의 가치.

그가 내린 반디의 평가였다.

그래서 재계약할 때 반드시 그 금액을 바이아웃으로 묶어두어야 한다고 주장했다.

물론 로메오도 그것을 받아들여 재계약을 하려고 했지만, 훌리안의 협상 능력은 그가 생각했던 것 이상이었다.

바이아웃 금액이 천만 유로 오를 때마다 주급을 1만 유로 인상해야 한다고 주장한 훌리안.

처음 협상할 때 클럽이 제안한 것이 5년 계약에 주급 8만 유로였다.

"그때 훌리안이 바이아웃 금액을 5천만 유로로 말했었지. 계약 기간은 3년으로 하자고 했고."

"그렇죠. 저희로서는 받아들이기 힘든 금액이었습니다. 5천만 유로면, 프리미어 상위권 팀들은 충분히 쓸 수 있으니까요."

프리미어 리그는 세계에서 가장 높은 TV 방송 수신권을

챙기고 있는 곳이었다.

거기에다가 구단주와 후원 기업들이 속칭 '빵빵' 해서 상위권이라면 한국 돈으로 600억 정도는 지출할 수 있었다.

"거기서 바이아웃 금액을 올리자고 했더니, 그런 제안을 할 줄이야!"

"눈물을 머금고 8천만 유로에 사인할 수밖에 없었죠."

그래서 계약 기간 3년, 주급 11만 유로를 챙긴 반디.

"심지어 초상권을 50%나 떼어간 상황이니, 어떻게 보면 에스테반은 훌륭한 에이전트를 둔 셈입니다."

맞는 말이었다.

최대한 반디에게 맞춰준다.

거기다가 반디의 한국 내, 나아가서는 아시아의 인기를 체감하고 초상권까지 50% 가지고 왔다.

"다음 재계약할 때에는 80%를 목표로 잡고 있어."

"헉, 너무 욕심 아닐까요? 클럽이 저 때문에 가난해지겠는데요? 하하하."

말은 그렇게 했지만, 반디도 기분이 나쁘지는 않았다.

오늘 훌리안을 찾은 이유는 세바스티안의 부탁 때문이었다.

재계약 시점이 다가와서 훌리안을 새로운 파트너로 원한다는 그.

이번 시즌 레알 마드리드 A팀으로 승급하면서, 더 좋은 계약을 바랐다.

그러기 위해서는 유능한 에이전트가 필요했고, 반디와 안토니오, 그리고 다른 선수들을 관리하고 있는 훌리안이 적합하게 느껴졌다.

그리고 막상 이렇게 반디의 손을 붙잡고 따라오자 그의 눈에 훌리안이 더 유능한 것으로 비쳤다.

초상권 50%에 3년 계약, 그리고 주급 11만 유로까지.

당장에라도 계약하고 싶었지만, 일단 그가 몸담은 에이전트와의 계약기간이 남았다.

그런데 그것도 해결해준다고 훌리안이 말했다.

"클럽에서 위약금을 지급할 수 있도록 해줄게요."

"그게 가능한가요?"

"못 할 건 뭡니까? 협상하면 다 되는 거죠. 어차피 계약을 1년도 안 남긴 세바스티안이 갑입니다. 만약 구단이 세바스티안의 가치를 소중히 여기고 있다면요."

이 부분에 대해서는 장담할 수 없었다.

그냥 로메오가 유소년에서 올린다고 공약한 것을 지킨다는 느낌.

그래서 A팀으로 승급한 것이라고 그는 생각했다.

하지만 그게 아니라는 것을 깨닫는 데에는 훌리안이 협상하자마자 나타났다.

"위약금? 그런 것도 클럽이 물어야 하나? 그건 너무하지 않은가?"

"아뇨. 그렇지 않습니다. 반디를 위한 투자라고 생각하시면 될 것 같습니다."

훌리안은 언제라도 쓸 수 있는 조커를 꺼내놓고 있었다.

로메오는 속으로 너무한다고 생각했지만, 어쩔 수 없었다.

물론 마지막에 한마디 했지만.

"너무 장삿속으로 접근하지는 말게. 그러다가 나중에 문제가 생겨."

"알겠습니다. 하하하. 사실 제가 돈을 버는 것도 중요하지만, 제 소속 선수들을 많이 벌게 하고 싶습니다. 그리고 클럽이 유소년에서 올라온 선수에게 최고 대우를 계속 해준다면, 눈에 보이는 효과도 있을 것 같고요."

"……."

할 말이 없었다. 말로써 훌리안을 당해내지 못하는 로메오.

두 손 두 발 다 들고 항복을 선언했다.

그 항복의 종지부를 찍는 일은 맨체스터 유나이티드의 7천만 유로 영입 제안이었다.

마지노선이 8천만 유로였는데, 이제 턱 끝까지 올라온 것이다.

빨리 이적 기간이 지나갔으면 좋겠다고 생각한 보드진들.

이럴 때일수록 시간은 점점 더디게 흐르는 법이다.

8월 31일에 맨체스터 유나이티드는 7,200만 유로를 제안했다.

그리고 늘 그랬던 것처럼 언론을 활용한 맨체스터 유나이티드.

이적시장이 들끓기 시작했다.

이제 약관을 넘어선 반디에게 투자하는 돈이 맨체스터 유나이티드 역사상 3위에 해당하는 이적료라는 점에서.

레알 마드리드가 그것을 거절하자 시간 단위로 이적료를 올리며 보드진을 골치 아프게 했다.

다행히 7,400만 유로에서 멈췄다.

유망주에게 7,500만 유로의 구단 사상 신기록을 깰 수는 없었던 것 같았다.

7,500만 유로의 사나이도 레알 마드리드 출신이었다.

또 한 번 레알 마드리드 선수와 인연을 맺을 뻔했지만, 일단 9월 1일 새 아침이 밝았다.

거의 뜬 눈으로 밤을 지새운 로메오.

만약 8,000만 유로를 넘겼다면, 반디에게 결정권이 갔을 것이다.

비록 반디가 레알 마드리드에 충성심을 보이고 있다지

만, 이적의 세계에서는 여러 변수가 작용한다.

결국, 그는 폴리와 빈센트에게 지시해서 빨리 재계약을 하라고 말했다.

원하는 것은 웬만하면 들어주라는 말.

실탄은 그동안 충분히 쌓였다.

새로 영입을 극도로 자제했기 때문에.

물론 체르니가 필요한 자리는 단 한 자리라고 말했다.

그곳이 골키퍼였고, 레알 마드리드는 프리미어리그에서 뛰고 있는 독일 출신의 수문장을 데리고 왔다.

그게 영입의 끝이었다.

그러니 남은 돈으로 차라리 재계약을 할 수 있는 여유가 생긴 것이다.

한편, 골키퍼부터 최전방까지 거의 완벽한 스쿼드를 갖추었다고 생각한 체르니.

9월 첫 번째 경기이자 프리메라리가 2차전에서 발렌시아를 3-0으로 꺾었다.

반디는 이 경기에서 두 골을 넣었다.

세 번째 경기, 셀타와의 대전에서는 해트트릭을 달성했다.

스페인은 흥분하고 있었다.

대형 스트라이커의 탄생을 예고하는 언론의 기사가 봇물처럼 터져 나왔다.

그래도 한 편에서는 더 기다려 봐야 한다는 말도 있었다.

챔피언스 리그에서 능력을 보여야 한다면서.

레알 마드리드는 2020-2021 챔피언스 리그에서 B조에 속했다.

그런데 이 B조가 죽음의 조였다.

다시 명가의 부활을 선언한 유벤투스.

분데스리가의 대표적인 명문팀 도르트문트.

마지막은 이름값에서 떨어지기는 하지만, 만만치 않은 제니트 상트 페테르부르크가 한 조에 속했다.

이것을 보고 체르니가 아구스틴에게 한 말이 바로 이것이었다.

"반디 인터뷰 못 하게 막아. 알았지?"

퍼스트 터치 FIRST TOUCH

Chapter 63

NEO SPORTS FATASY STORY

퍼스트 터치

FIRST Chapter 63 TOUCH

제니트 상트 페테르부르크.

러시아는 2018 월드컵을 개최한 뒤 제2의 축구 르네상스를 맞이했다.

더군다나 안방불패다.

먼 원정에서 많은 유럽 팀들이 고전했다.

그나마 여름이라 다행이었다. 겨울이었다면, 스페인의 따뜻한 기후에 적응된 레알 마드리드 선수들이 힘들었을 테니까.

그래도 첫 경기에 대한 부담감과 원정이라는 부담에서 온 중압감이 선수들을 짓누르고 있었다.

긴장감은 경험이 적은 사람들에게 더 심했다.

반디를 제외하고.

"아니, 저 녀석은 도통 긴장한 모습이 없어."

"그러게요. 그래도 저 녀석 때문에 선수들이 웃고 있습니다. 잘 된 거죠. 하하하."

체르니와 아구스틴은 미소를 띤 채 대화했다.

경기가 시작되기 전에 웃음을 지으며 선수들에게 소리치는 반디의 모습이 대견하다고 생각하면서.

그런데 경기에 들어서고 나서는 생각만큼 잘 풀리지 않는 것처럼 보였다.

일단 중앙에서 패스의 공급이 잘 이루어지지 않았다.

역시나 긴장하는 모습을 보이는 세 명의 영건들이 문제였다.

마리오와 세바스티안, 그리고 나단.

미드필더 셋을 젊은 선수로 꾸린 이유는 타미가 아직 컨디션이 올라오지 않았다고 판단해서였는데…

"앗…."

"젠장!"

세바스티안의 패스가 끊기자 페드로와 빅토르가 뒤를 향했다.

상대의 역습이 이루어졌다.

요즘 러시아 프리미어리그 팀들이 갑자기 강해졌다고 하더니 정말이었다.

투자금이 높은 만큼 좋은 선수들이 있었고, 홈 관중의 응원까지 등에 업었으니 당연한 일이다.

반디 역시 수비를 돕기 위해서 재빨리 내려왔다.

하지만 최전방에서 빨리 내려와 봤자다.

세바스티안의 반칙하는 장면만 보고 말았다.

페널티 에어리어 안에서 행한 반칙이라는 게 문제.

“이런….”

세바스티안의 자책하는 모습이 보였다.

그나마 경고로 끝난 것을 다행으로 여겨야 하는데, 팀에 피해를 안겼다는 생각에 얼굴이 붉으락푸르락해졌다.

반디는 늘 그렇듯이 그에게 가서 어깨를 두드리며 격려해주었다.

벤치에 앉아 있는 타미와 씨날두의 표정이 진지해졌다.

“으… 나가고 싶다.”

“체력이 문제야, 체력. 지난 주말 경기 풀타임으로 뛰었잖아. 이제 씨날두 나이도 서른일곱을 향해간다고.”

“나도 알아. 그런데 젊은 너는 왜 그러니?”

“윽, 아픈 데를 찌르는 거야?”

여기서 말하는 아픈 데.

씨날두는 그가 최근에 부진하다는 것을 강하게 꼬집은 셈이었다.

칸제마의 이적, 세비앙의 은퇴.

이제 레알 마드리드는 젊은 팀이 되었다.

문제는 그래도 경험 있는 자신과 타미가 젊은 선수들을 이끌어야 하는데, 오늘 공교롭게도 둘 다 출전하지 못했다.

체르니도 고민을 많이 하는 것 같았다.

하지만 죽음의 조에서 그나마 해볼 만한 상대, 제니트 상트 페테르부르크에서 씨날두에게 휴식을 주는 게 낫다는 판단.

정 경기가 풀리지 않는다면 후반전에 그를 내보내기로 마음먹었다.

독일 출신의 골키퍼, 베른하르트.

바이에른 뮌헨 유소년 출신으로 빛나는 재능을 가지고 있었다.

하지만 제1 골키퍼의 아성을 넘지 못해서 프리미어리그 에버튼으로 이적했다.

자신의 능력을 충분히 보여준 때가 바로 그 이후였다.

그리고 드디어 레알 마드리드에 입성한 그는 올 시즌 현재 무실점.

그런데 언론은 골키퍼가 잘해서라기보다는 막강한 레알 마드리드의 전력으로 상대 공격이 봉쇄되었기 때문이라고 평가했다.

이제 그 능력을 보여줄 차례였다.

지난 시즌, 에버튼에서 페널티 킥을 다섯 번 막았다.

베른하르트는 정석을 지켰다.

상대의 눈을 철저히 바라보지 않았다.

비록 눈의 방향은 상대를 향해 있을지라도, 공과 발만 보았다.

그것만 봐도 예측이 가능한 이유.

그는 상대의 페널티 키커에 대해서 동영상 연구를 해왔다.

오늘도 역시 제니트 상트 페테르부르크의 전담 페널티 키커를 분석했다.

확실한 습관이 있었다.

이상하게 공을 놓고 왼손으로 만지면, 왼쪽으로 찬다.

이번에는 오른손으로 만졌다.

사람은 자신도 모르게 습관을 갖고, 그에 따라 행동한다는 것을 그동안의 분석으로 습득한 베른하르트.

그래서 상대 선수가 공을 찼을 때, 오른쪽으로 재빨리 튀어 올랐다.

퉁!

베른하르트의 손에 맞은 공이 튀어 나가며 골라인 아웃이 되었다.

그에게 달려가는 선수들.

젊은 선수들의 표정이 밝게 변했다.

"때로는 가장 위험하다고 생각되는 순간에서 긴장이 풀어지기도 하지. 이제 괜찮아지겠어. 하하하."

체르니는 다시 웃음을 되찾았다.

물론 아직은 0-0.

결과가 어떻게 될지 모르는 일이었다.

그러나 베른하르트가 공을 막았기 때문에 많은 불안요소가 들어가버렸다.

새삼스럽게 저 젊은 골키퍼가 믿음직스러워 보이는 체르니.

감독이나 코치뿐만이 아니었다.

필드에 있는 많은 선수가 신뢰의 눈빛으로 베른하르트에게 말을 걸기 시작했다.

"이야, 정말 좋은 골키퍼가 들어왔어."

"그러게, 이봐, 베른하르트. 이제 뒷문 걱정 안 해도 되는 거지? 하하하."

이제 스물다섯의 나이.

앞으로 창창한 젊음이 레알 마드리드의 수호신으로 등장했다.

지난 시즌까지 약간 불안했던 골문이 안정된다면, 최근 허세 삼인방이 말했던 3관왕은 꿈이 아니었다.

젊은 선수들이 다시 힘을 냈다.

긴장을 훌훌 털어버리는 모습.

그것을 보며 타미가 씁쓸하게 말했다.

"정신이 육체를 지배한다는 건가? 이렇게 되면 내 계획이 틀어지는데…."

"네 계획이 뭔데?"

"멋지게 들어가서 부활의 날갯짓을 하는 거였지. 킥킥."

"에구, 이 녀석아… 쯧쯧쯧."

씨날두는 타미를 보며 안 됐다는 듯이 혀를 찼다.

"그런 동정의 눈빛은 거두시지. 어쨌든 아직 0-0이야. 후반전에는 내가 필요할 수 있다고."

"어련하시겠어?"

끝까지 희망을 놓지 않는 타미의 눈은 중앙을 바라보고 있었다.

후반에 꼭 들어간다고 다짐하면서.

후방이 안정될수록 중앙 미드필더 역시 패스의 흐름이 좋아졌다.

수비형 미드필더 세바스티안이 중앙에 있는 나단에게, 그리고 나단은 마리오와 협업하며 최전방으로 공을 뿌려주었다.

그중 하나가 반디에게 도착했다.

이제 반디는 인지도가 꽤 생겼다.

제니트 상트 페테프부르크 수비수가 오늘 내내 그를 집중 마크하고 다녔다.

실상 그에게 패스가 오지 않은 이유도 그 때문이었다.

분명히 동영상으로 자신을 분석했다는 것을 안 후, 페널티 에어리어에서 빠져나오기도 했지만, 그때뿐이었다.

다시 근처로 다가가면 어김없이 붙었다.

"야, 정말 훌륭하시네요. 이거 틈이 없어요. 하하하."

스페인어로 지껄여대니 알아듣지 못하는 수비수.

의사소통이 가능해야 그나마 틈도 만들 수 있는데, 이제 그 어떤 것도 쉽게 통하지 않았다.

그럼에도 불구하고 나단은 그에게 패스했다.

스트라이커에 대한 믿음.

그것이 공을 반디에게 향하도록 한 것이다.

믿음은 헛되지 않았다.

이번에는 수비수와 같이 발을 올렸지만, 먼저 반디가 공을 따낸 것이다.

그는 길게 공을 끌지 않았다.

페널티 에어리어로 들어가는 빅토르를 보았기 때문이다.

촤라라락.

바닥을 쓸 듯이 빠른 속도로 이동하는 공은 빅토르의 발 앞으로 흘렀다.

덜컥!

기회가 올 때 잘하라는 말.

그것을 잊지 않겠다는 듯이 빅토르가 강슛을 날렸다.

출렁~

드디어 선취 득점. 빅토르가 반디에게 달려와서 안겼다.

선수들도 같이 모여들었다.

"이야, 이 자식… 오늘은 양보했네."

"그러게… 지난번에는 비슷한 장면에서 끝까지 끌고 갔잖아."

모두 한마디씩 했다. 그에 대해 반디가 웃으면 반박했다.

"다 오늘을 위해서죠. 습관처럼 보이기 위해서. 킥킥킥."

"윽, 말도 안 되는 소리를… 어제 베른하르트가 한 말을 임기응변한 거고만…."

페드로가 어이없다는 눈빛을 보였다.

어제 페널티 킥 연습을 할 때, 자신이 찬 것을 많이 막았던 베른하르트에게 반디가 호기심에 물어봤었다.

어떻게 막았느냐고?

베른하르트가 웃으며 습관 이야기를 하자, 이번에 적용시켰다.

경합할 때 공을 따내고 나서 바로 진입하는 습관.

하긴 그것을 꼭 습관으로 규정할 수는 없었다.

그 어떤 스트라이커라도 그 상황에서 욕심을 버리기 힘들 테니까.

반디 역시 늘 그래 왔지만, 이번에는 과감히 버렸다.

팀의 승리가 먼저였다.

그리고 긴장한 선수들이 안정되었을 때가 기회.

자신이 아닌 다른 누군가가 골 맛을 보는 게 큰 효과가 있다는 것을 알고 선택한 스루패스.

그게 지금의 결과를 낳았다.

하프타임에 반디가 했던 말을 듣고 체르니 역시 웃었다.

"스스로 깨달았다니 다행이로구나. 어쨌든 그 때문에 후반전에는 더 좋은 기회가 생길 것이다."

후반전이 시작되자 그의 말을 입증하는 사건이 터졌다.

반디를 막아왔던 수비수가 두 개의 갈림길에서 계속 망설였다.

후반전 선공은 레알 마드리드.

마리오의 패스를 받아서 일대일 상황을 맞이한 반디는 이번에도 공을 찔러주었다.

오른쪽에서 들어가는 페드로를 본 것이다.

이게 예전 칸제마의 플레이었다.

전형적인 9.5번 형 포워드 방식.

팀의 양쪽 윙 포워드를 살리면서 득점력을 배가시키는 반디의 플레이에 수비수의 눈빛이 어렵다는 빛을 보였다.

만약 페드로가 실패만 하지 않았어도 반디 입장에서는 두 번째 어시스트를 기록할 수 있었다.

"아… 아깝다. 미안! 미안해, 반디야!"

페드로가 사과하자 반디가 손을 흔들어 미소 지었다.

"걱정하지 마! 앞으로…."

그는 제스쳐를 발휘해서,

"내가…."

할 때는 자신을 가리켰고,

"너에게 계속…."

이라고 말하면서 페드로를 검지로 찍었으며,

"패스할게!"

라고 힘주어 강조할 때는 발의 모션까지 첨가했다.

수비수는 스페인어는 모르겠지만, 이 행위가 무엇을 뜻하는지 알 수 있었다.

특히, '패스' 라는 단어가 정확하게 귀에 들어왔다.

그는 혼란스러웠다.

반디가 자신을 속이려고 일부러 몸짓까지 하는 것 같았다.

그리고 그건 사실이었다.

반디는 일부러 몸짓으로 표현했다.

그를 속이려고 하는 것도 있지만, 정확히는 혼란스럽게 하려고 취한 행동이었다.

상대의 표정을 보고 속으로 웃는 반디.

'작전 성공' 이라는 단어가 떠오르며, 점점 더 거침없는 플레이를 펼쳤다.

자신의 습관을 다 아는 상대를 만난다는 것.

오늘 확실히 알았다.

어쩌면 역이용하기가 더 쉽다는 것을.

득점은 나지 않았지만, 확실히 제니트 수비진이 애먹고 있었다.

0-1로 뒤진 상황에서 역습도 취할 수 없을 정도였으니.

나단은 영리한 패스공급자였다.

반디의 공격이 통한다는 것을 알고, 공을 계속 집중시켰다.

그리고 후반 10분이 지났을 때…

아군의 기대를 맞추고, 상대의 예측은 벗어나는 반디의 쇄도가 나단의 눈에 들어왔다.

반디가 받아왔던 것 중 가장 빠른 패스가 페널티 에어리어 안으로 들어오고, 왼발을 뻗어서 미세한 근육의 움직임으로 공을 제어했다.

오른발 앞으로 떨어진 공은 그야말로 차려놓은 밥상.

그의 발이 힘차게 스윙하기 시작했다.

골키퍼가 나왔다. 각도를 좁히기 위해서.

그러나 강슛일 줄만 알았던 공이 공중으로 올라가자 고

개를 들어 올릴 수밖에 없었다.

시선은 공을 따라갔다.

그리고… 통! 통! 출렁!

눈으로 들어온 실점 장면에 그는 좌절하고 말았다.

2-0. 이제 역전하기 힘든 점수였다.

그렇다고 포기할 수는 없지만, 남은 시간이 문제였다.

상대 팀 수비가 강한 것도 득점할 수 없는 요소 중 하나.

특히나 골키퍼는 매우 넓은 범위를 돌아다니며, 공을 처리하고 나섰다.

"이거 내가 할 일이 없어지는걸?"

"하하하."

안토니오가 어깨를 들썩이며 말하자 베른하르트가 웃었다.

그 웃음은 마치 이렇게 말하는 것 같았다.

'무슨 소리? 더 앞에서 처리하면 되잖아. 여기까지만 맡겨. 그리고 좀 더 전진해!'

일단 2-0으로 리드하고 있는 상황.

수비진은 굳이 안전한 지역에 머물 필요가 없었다.

그래서 동반한 수비 한 명을 이끌고 앞으로 올라선 안토니오.

미드필더 라인과 매우 가까워졌다.

포백을 보호하는 세바스티안은 이들이 뒤에서 밀고 들어오자 앞으로 올라갔다.

이게 시작이었다.

레알 마드리드의 진형이 앞으로 이동하게 된 계기가.

당연히 제니트 상트 페테르부르크는 점점 자신들의 영역을 잃어갔다.

체르니는 이 모습을 보고 눈을 빛냈다.

선수들이 알아서 전술을 운용하는 모습에 마음이 들뜬 것이다.

레알 마드리드의 감독으로서 완전체가 되기 위해서 얼마나 노력했던가?

선수의 개성이 가장 강한 클럽.

쥬제뉴도 사실상 이곳에서 실패했다.

골키퍼부터 최전방까지 많은 갈등을 경험했기 때문이다.

감독이 선수와 갖는 친밀감은 활용도에 따라서 달라진다.

체르니는 쥬제뉴와는 달리 그들의 개성을 존중해주는 감독.

이게 꽃 피우기 위해서는 긴 시간이 필요했다.

그런데 생각보다 그렇게 오래 걸릴 것 같지 않았다.

경험 많은 선수와 그렇지 못한 선수의 조화가 점점 잘 이루어지고 있었기에.

그는 뒤를 돌아보았다.

이미 경기에 몰입한 타미와 씨날두가 보였다.

최근 부진한 타미가 더더욱 온 정신을 필드에 쏟는 것 같았다.

체르니는 오늘 경기로 그가 많이 배우기를 바랐다.

결국, 미드필더 몇 명으로 한 시즌을 치르기는 힘드니, 팀에 있는 모든 선수가 제 몫을 다해줘야 했다.

다시 그라운드를 보았을 때, 가장 제 몫을 해주는 선수가 또 하나의 득점을 올렸다.

반디. 왜 그를 맨체스터 유나이티드가 큰돈을 들여 영입하려고 하는지 알 수 있는 장면을 계속 연출했다.

이번엔 남보다 더 높은 곳에서 머리를 사용한 득점이었다.

3-0. 리그 경기 포함 세 경기 무실점에 총 열한 개의 득점.

이 중 다섯 개가 반디에게서 나왔다.

점점 진화하고 있는 스트라이커.

인터뷰 실력도 진화했다.

"경기를 앞두고 감독님은 저에게 인터뷰하지 말라고 하셨습니다. 뭐, 이해합니다. 제가 걱정되셨겠죠. 그래도 경기 끝나고 하는 인터뷰는 막지 않으실 겁니다. 제가 하고 싶은 말은 저희 조가 결코 죽음의 조가 아니라는 겁니다."

"그게 무슨 뜻입니까?"

"올라갈 팀이 확실히 한 팀이 있습니다. 그 팀에게는 죽음의 조가 아닌 거죠. 하하하."

인터뷰는 적절하게 과장되고 왜곡되어 같은 조에 있는 팀들에게로 퍼져나갔다.

다음 날 기사를 보고 안토니오가 정말 이해할 수 없다는 눈빛으로 반디에게 물었다.

"아니 도대체 왜 상대를 자극하는 거야?"

"재미있잖아요."

"뭐?"

"솔직히 싱거우면 재미없잖아요. 상대로 하여금 온 힘을 기울이게 만들어야죠. 그냥 이기는 것, 싱겁지 않아요?"

그래도 이해할 수 없었다. 그런데 갑자기 씨날두가 씩씩거리며 다가왔다.

불안하게 이 장면을 보는 안토니오.

"반디!"

"네?"

"팀 이름을 밝혔어야지! 레알 마드리드에 있어서 절대 죽음의 조는 없다고. 그렇게 말했어야지. 아아, 내가 인터뷰를 해야 했는데."

"그럴 걸 그랬나요? 너무 자극하는 것 같아서, 살짝 참은 거였는데….”

안토니오는 어이가 없었다.

이들은 자신과 다른 세상에서 사는 것 같았다.

그러다가 깨달은 점.

그것은 바로 도전 정신이었다.

반디를 보면 절대 안주해 있지 않았다.

특히, 쉬운 길을 가려 들지 않는다는 점에서 높이 평가해야 할 것이다.

어쩌면 그게 반디의 장점일 수도 있었다.

최근에 다시 불거져 나온 스페인 대표팀 문제도 그랬다.

현재의 국가대표 감독은 반디를 뽑지 않았다.

현재 서른한 살의 부동의 포워드가 버틴다는 점, 그리고 20대 중반의 스트라이커도 기량이 일취월장해서 국가 대표 내에서 반디가 뚫고 들어갈 틈이 없었다.

그런데 반디는 의연했다.

국가 대표의 부름을 받지 못해서 서운하지 않으냐는 루에카의 질문에,

“어차피 제가 발롱도르를 받으면 게임 끝 아닙니까?”

라고 대답하는 것만 봐도 그의 정신력이 강하다는 것을 보여주는 장면이다.

이에 대해 루에카는 또 악의적인 기사를 썼다.

반디가 스페인 대표에 큰 관심이 없으며, 심지어 대한민국의 축구협회가 반디를 귀화시키려고 한다는 낭설까지 추정해서 써 놓았다.

사실이 아니었다.

그러나 파급 효과는 엄청났다.

자신이 하지도 않은 말에 여론이 급속도로 냉각되었다.

– 조금만 기다리면, 국가대표에 승선할 수 있다. 디에구스타가 서른한 살인데 설마 삼십 대 중반까지 국가 대표를 하지도 않을 텐데, 그것도 못 기다리고 한국으로 간다고?

– 역시 피는 못 속이는 것인가? 난 딱 알아챘다. 그래서 내가 동양인을 싫어한다.

늘 그렇듯이 기사의 밑에는 악성 댓글이 올라왔다.

그 악성 댓글을 이용해서 루에카는 또 한 번 기사를 가공했다.

씨날두는 반디에게 대응할 필요가 없다고 말했다.

오랜 경험에서 스타는 늘 루머와 함께 사는 것이라며.

"괜찮아요. 뭐 제가 어린 앱니까? 예전에 저런 이야기 들으면 기분 나빴는데, 지금은 아무 상관 없습니다. 하하하."

그런데 의연하게 대처하는 반디.

"저 자식의 가장 큰 장점은 저 멘탈인 것 같아. 저 나이에… 정말 대단해."

언젠가 타미에게 씨날두가 혼잣말하듯이 중얼거렸다.

"그래도 계속 저렇게 언론에서 두드려대면 플레이에 영향을 끼치지 않을까?"

"아니, 이미 극복한 것 같은데? 이야기 듣기로는 사춘기 때 좀 힘들었고, 지금은 전혀 신경 안 쓴다고."

타미의 질문에 확신하듯 말하는 씨날두.

일단 훈련 과정만 봐도 알 수 있었다.

현재 반디의 컨디션은 최상이었다.

그 어떤 언론 플레이라도 다 이겨낼 것 같은 모습.

리그에서 출장할 때도 마찬가지였다.

기사가 터진 주말 아틀레틱 빌바오와의 경기에서 반디는 거침없이 뛰었다.

순혈주의의 본고장 빌바오의 홈에서 벌어진 프리메라리가 4차전.

득점을 올릴 때마다 그에 대한 온갖 원색적인 비난이 터져 나왔다.

그런데 무시했다.

"너희 나라로 가 버려!"

라는 이야기를 들으면 득점 하나를 더 성공시켰다.

그의 두 골에 힘입어 3-1로 승리한 레알 마드리드.

비록 시즌 초반이지만, 전문가들은 조심스럽게 올 시즌 레알 마드리드의 독주를 예상했다.

처음에 유치원생들과 노장들을 데리고 아무것도 할 수 없다고 비난하던 이들은 지금 입을 꾹 다물었다.

다만 여전히 날뛰는 기자 한 명이 바로 루에카.

반 레알 마드리드 정서를 완벽하게 이용했다.

굉장히 교묘하게 기사를 써댔다.

마치 반디가 스페인 사람이 아닌 양.

레알 마드리드에 패한 클럽의 팬들을 건드렸다.

그에게는 전혀 어려운 일이 아니었다.

건드리면 폭발할 뇌관이 스페인에 존재했기 때문이다.

그게 바로 종족보존 심리.

“그러니까 스페인을 구성하는 여러 민족이 서로에 대해 꽤 감정이 좋지 않다는 거지?”

“맞아. 그 말 못 들어봤어? 영국은 동네끼리, 이탈리아는 도시끼리 감정을 자극하지만, 스페인은 민족끼리 싸운다고. 이 나라에서 축구는 전쟁이야.”

“와, 우리도 꽤 심하다고 생각했는데, 이곳에 비하면 양반이군.”

타미의 설명에 베른하르트가 혀를 내둘렀다.

하지만 확실히 이해했다.

요즘 레알 마드리드의 아성을 부수기 위해서 원색적인 공격을 하는 타 클럽 사람들을.

최근에는 순혈주의자까지 나섰다.

다른 사람은 인정하지만, 반디는 인정할 수 없다는 말.

아시아 출신은 전성기가 20대 초반에 오고, 그게 끝이라는 이상한 소문도 떠돌았다.

일부의 이야기였지만, 기분 나쁜 일이었다.

그 상황에서도 훈련에 충실하며 아무렇지도 않은 반디가 대단해 보였다.

한편, 집에서는 가족이 그를 걱정했다.

확실히 세군다 리가와는 달랐다.

비난 자체의 수위도 높았고, 대상 자체도 매우 광범위했다.

특정 파파라치는 반디의 집에서 민선을 찍기도 했다.

요즘 그녀는 한국보다 스페인에 머무는 시간이 더 많았다.

지금까지 엄마로서 하지 못했던 것을 다하리라는 다짐을 했기에.

그런데 반디가 겉으로는 아무렇지 않아 보였지만, 엄마로서 속이 상하지 않을 수가 없었다.

만약 입양 보내지 않았다면, 절대로 벌어지지 않을 일이었다.

한국에서는 환영받을 축구 영웅이 되었을 텐데, 이곳에서 가끔 천대받는다고 생각하니…

'얼마나 가슴이 아팠을까?'

그녀는 눈물을 애써 참았다.

그리고 조용히 방으로 돌아갔다.

그 모습이 반디의 눈에 띄었다.

잠시 후 노크하고 방안으로 들어간 그는 민선의 눈가가 젖어 있는 것을 발견했다.

괜한 이야기를 했다고 후회하는 반디.

"엄마, 저 괜찮아요. 가끔 있는 일이라, 이제는 전혀 문제가 없어요."

"그래?"

"네. 엄마도 잘 아시잖아요. 어차피 연예인도 이런 댓글쯤은 많이 받으셨을 것 아니에요? 누구보다도 잘 이해하실 분이 왜 그러세요?"

그 말에 그녀는 웃었다. 그리고 속으로 말했다.

'누구보다도 그것을 이해하니까, 너의 마음을 알겠다는 거야.'

핏줄이라 더 감정 이입이 되었다.

스페인 국적에 한국인이라는 피가 흐르고 있다는 점.

이도 저도 아닌 그 상황에서 혼란스러운 사춘기를 어떻게 겪었을까?

묻고 싶지도 않았다. 알면 더 속상할 테니까.

반디가 이겨내기를 마음속으로 응원할 수밖에 없었다.

큰 사건이 일어난 때가 바로 이 시기였다.

즉, 도르트문트를 반디의 결승점에 힘입어 1-0으로 꺾고, 리그에서는 초반 강세를 더할 무렵…

그에게 연락이 왔다.

한국 축구의 영웅이자 맨체스터 유나이티드의 레전드, 주영환.

지금은 한국 축구 협회의 대외사업실장을 맡은 그가 자신을 밝히자 반디는 깜짝 놀랄 수밖에 없었다.

잠시 만나고 싶다는 그의 말에 반디는 집으로 초대했다.

언론이 부담스러운 그들.

같은 동질감에서 그들은 반디의 집에서 보기로 합의했다.

"이렇게 불쑥 연락드리고 찾아와서 죄송합니다. 이게 극비에 속하는 일이라서."

"아… 아닙니다. 하지만 당황스럽기는 하네요."

반디는 상기된 표정으로 영환을 맞았다.

그럴 수밖에 없었다. 그는 한국 축구의 영웅이기도 했지만, 맨체스터 유나이티드의 전성기를 이끌었던 핵심이었다.

팀을 위한 희생정신과 수비형 윙어라는 새로운 포지션 개념을 유럽에 소개한 개척자.

'개척자' 라는 의미는 거기에서 끝나는 것이 아니다.

아시아 선수 중에 영환을 모르는 사람은 없었다.

유럽에 아시아 선수도 살아남을 수 있다는 것을 보여준 표본이었기 때문에.

"그런데 무슨 일 때문에 저를 보자고…."

말은 이렇게 꺼냈지만, 반디의 머릿속에는 그 어떤 예감이 떠올랐다.

그가 찾아온 이유를 짐작한 것이다.

"제가 온 것을 대충 눈치채셨을 텐데, 혹시 한국 축구에 대해서 생각해 보신 적은 없는지…."

"……."

역시 예감이 맞았다.

설마 했는데, 이런 제안을 듣게 될 줄은 몰랐다.

그것도 현재 한국 축구에서 가장 인지도가 높은 사람 중 하나를 내세워서.

당연히 반디의 입에서 나온 말은 거절이었다.

"한 번도 생각해 본 적이 없습니다. 언론에서 나온 이야기라면, 속으신 것 같은데요. 하하하."

약간 단호한 그 말에 영환도 멋쩍어했다.

그러나 쉽게 물러설 생각은 없었다.

축구 협회에서 최근 몇 개월 동안 계속 안건에 나온 이야기였다.

반디의 귀화.

가능성이 거의 없다고는 하지만, 두드려보기 시작해야

한다는 말.

새로 감독을 맡은 박정의 입에서 나왔다.

그는 국가 대표 감독을 수락하자마자 협회에 요청했다.

2022 월드컵에서 최고의 선수를 구성하도록 협조해달라는.

물론 포워드 진에서는 최선율이 있었다.

그러나 박정은 반디를 원했다.

자신이 쓰는 전술에 그가 가장 적합하다고 이야기하면서.

그래서 마드리드에 온 사람이 바로 주영환.

명성이나 품행을 볼 때 가장 적합하다고 판단을 내린 것이다.

"아뇨, 저도 언론을 그렇게 좋아하지는 않습니다. 당연히 그것 때문에 온 것이 아니에요. 한국 축구 대표 최전방에 에스테반이 필요해서 온 겁니다."

적극적인 구애.

영환이 한국 축구계에서 차지하는 위치가 꽤 높다는 것을 고려하면, 단칼에 거절하기보다는 생각해 보겠다는 말로 여운을 주는 게 나을 듯싶었다.

그런데 반디는 여전히 단호했다.

"죄송합니다. 기대감을 드리기는 싫습니다."

"……."

영환은 일단 물러섰다.

하지만 반디는 그의 눈에서 포기하지 않겠다는 신념을 읽었다.

퍼스트 터치 FIRST TOUCH

Chapter 64

NEO SPORTS FATASY STORY

FIRST Chapter 64 TOUCH

영환은 스페인에서도 알려진 인물이었다.

특히, 반디의 집에 들어갔다가 나오는 장면이 파파라치에 찍힐 경우 파장을 불러일으키기에 충분했다.

루에카는 흑색 미소를 짓고 있었다.

드디어 자신이 원하는 장면이 찍혔다.

그동안 민선과 아만다의 사진은 사실 쓸 데가 없었다.

한국 축구 협회의 대외사업실장이자 레전드, 영환.

반디에 대한 기사를 그의 맘대로 집필할 수 있는 소재가 되었다.

다음날 대문짝만하게 난 기사.

『에스테반을 만난 대한 축구 협회의 주영환』

매우 자극적인 제목이라고 그런가?

루에카가 최근 올린 인터넷 기사 중 최고의 조회 수를 경신하고 있었다.

뒤늦게 레알 마드리드로 몰려든 기자들.

반디도 기사를 이미 본 후라서 크게 당황하지는 않았다.

오히려 환하게 미소를 지으면서 말했다.

"루에카 기자님은 제가 한국으로 갔으면 좋겠다고 생각하시는 것 같습니다. 하하하."

오늘 루에카는 이곳에 오지 않았다.

어차피 이 기사로 반디를 궁지에 몰아넣었다고 생각했기 때문이다.

반디는 그가 없다는 것을 확인하고 목소리를 높여 기자들에게 말했다.

"혹시 다른 분들도 같은 생각이신가요? 제가 한국 국가대표가 되기 위해서 그를 만났다는 그 기사… 믿으시나요?"

"당연히 믿지 않죠. 그래서 사실을 확인하러 왔습니다."

친 레알 마드리드 성향의 언론, 〈마르카〉 기자가 말했다.

"좋습니다. 사실을 알려드리겠습니다. 한국에서 제안이 온 것이 맞습니다. 하지만 전 거절했습니다. 그런데 그 장면이 파파라치에게 찍힐 줄은 전혀 생각하지 못했습니다.

문제는 루에카 기자님이 이것을 이용해서 자꾸 공격할 경우, 저도 사람인 이상 흔들릴 수밖에 없다는 것입니다."

"……."

"지금 저에게는 두 가지 목표만을 향해 달려가고 있습니다. 첫 번째가 레알 마드리드의 시즌 3관왕을 위해 최선을 다하는 일. 그리고 두 번째가 발롱도르입니다."

여기까지 말한 후 그는 잠시 호흡을 골랐다.

진지한 내용이었지만, 여전히 그의 얼굴에 여유 있는 미소가 넘쳐 흘렀다.

"여기 계신 기자님들이 제가 잘하면 칭찬해주시고, 못하면 비판해주십시오. 그 모든 것을 받아들이겠습니다. 하지만 제 출신에 따른 소설과 같은 이야기, 억지 추측 등은 저를 한 가지 방향으로 밀어 넣는 일입니다. 그렇게 되기를 바라시나요?"

"당연히 아니죠!"

"저도 레알 마드리드 팬입니다."

"여하튼 루에카가 문제야. 왜 그러는 거야?"

오늘 그가 안 온 것은 치명적인 실수인 것 같았다.

더구나 반디가 이렇게 봉합하고 들어간 후에 그들의 귀에 들리는 말.

"야, 나 같으면 그냥 귀화한다. 뭐하러 이렇게 핍박받으면서 살아?"

"그지? 예전에 대표팀에서도 그런 애가 있었어. 자기 나라에서 하도 뭐라고 해서 국적 바꿨다고. 요즘 세상이 어떤 세상인데, 더구나 스페인에서 태어난 것도 아니구만."

베른하르트의 말에 나단이 대답했다.

좀 더 자유로운 사상을 가진 프랑스 청년의 말에 기자들은 이렇게 기사를 냈다.

『축구 선수는 축구로 평가받아야…』

『섣부른 기사 하나가 스페인의 차세대 대형 스트라이커를 잃는다.』

그곳에 붙는 많은 댓글 또한 반디에 우호적이었다.

– 내가 이럴 줄 알았다니까. 루에카 그 새끼가 항상 문제야. 아닌 말로 에스테반이 한국으로 귀화하면 책임질 거야?

– 최근 우리나라 국제 경기 성적도 별로 좋지 않은데, 어쩌려고…

– 저번에는 자바스가 스위스로 귀화했다고. 아예 쫓아내라! 쫓아내!

자바스는 모계가 스위스인 선수였는데, 스페인 청소년 대표까지 지내다가 스위스 국적을 선택했다.

유럽에서는 흔히 있는 일이었다.

특히, 개인주의가 만연했기 때문에, 국적을 바꾸는 것은 꽤 비일비재했다.

아무튼, 루에카는 당장 곤경에 처했다.

스페인의 훌리건은 세계 최고의 공격력을 갖춘 이들.

어느새 루에카의 집에 협박 편지가 와 있었다.

그는 경찰에 이를 알렸지만, 경찰들조차 레알 마드리드의 팬이었다.

처리해준다고 말하는 그들의 무성의에 잠시 멍한 얼굴을 하고만 루에카.

이쯤 스페인 축구 협회에서도 반디에 대해 강하게 지키겠다는 의지를 보였다.

– 에스테반은 스페인이 낳은 포워드입니다. 비록 현재는 그의 나이가 어려서 국가 대표에 선발할 수 없지만, 그가 성장한 이후에는 스페인을 위해 뛰도록…

공식적인 발표는 아니었지만, 〈마르카〉의 소리오 기자와 인터뷰한 헤수스가 말한 것이다.

자신이 이끌었던 청소년 대표팀 시절부터 반디를 눈여겨보았다는 이야기.

현재 대표팀에 자리가 없는 것은 사실이지만, 지속해서 반디가 능력을 보여주면 언젠가 승선할 것이 확실시된다고 말했다.

헌데 이번엔 한국 축구 협회에서 가만히 있지 않았다.

이미 알려진 이상 굳이 야심을 숨기지 않겠다는 결심.

축구 협회 회장은 반디를 한국 대표팀으로 만들겠다는 포부를 공식적으로 선언했다.

점입가경. 한국과 스페인의 축구 팬들이 들썩였다.

정작 논란의 중심에 있는 반디는 이들의 공방전에서 말을 아꼈다.

기자들에게 선언한 것처럼 현재 그의 목표는 일단 팀의 3관왕과 발롱도르였기 때문이다.

루에카가 함부로 나서지 못한다는 점만으로도 좋았다.

경기에 집중할 수 있었기 때문에.

따라서 프리메라리가 다섯 번째 경기에서는 펄펄 날아다녔다.

이 경기는 아틀레티코 마드리드와의 대전.

디오메 감독의 지시로 수비수는 반디를 꽁꽁 묶으려 애썼다.

하지만 예측을 벗어난 플레이로 어시스트를 두 개나 올렸다.

결국, 경기에서 패배한 아틀레티코 마드리드.

디오메는 패배를 인정하며, 패인으로는 반디를 막지 못했기 때문이라고 말했다.

이렇게 프리메라리가에서 레알 마드리드가 독주하는 이유가 있었다.

전반적인 리그의 수준 하락 때문이다.

아틀레티코의 명장이 있다고 해도 좋은 선수들을 무한정 키워낼 수 없었다.

발렌시아는 최근 몇 년 사이에 계속 자금 압박에서 헤어나오지를 못했다.

그나마 나은 이 두 팀도 다른 리그의 팀에게 깨지고 있는데, 중하위권 팀들은 명함도 못 내밀었다.

프리메라리가의 전성기였던 2015년 전후에 점점 침체되는 상황.

팀들은 리그 전체의 수익 분배 문제를 계속 제기하였다.

그렇지 않고서는 프리메라리가의 장래는 어둡다는 말과 함께.

지난 시즌 챔피언스 리그에서 레알 마드리드가 16강에서 바르셀로나가 4강에서 떨어진 것을 예로 들었다.

분데스리가는 이미 챔피언스 리그에서 강자로 발돋움했으며, 호된 담금질 끝에 요즘은 프리미어리그 역시 정상에 도전하고 있었다.

그런가 하면, 세리에 A도 슬슬 기지개를 켰다.

아시아 자본의 유입.

한 · 중 · 일 3국과 더불어서 동남아시아 등에서 축적된 자본으로 세리에 팀들을 사들였다.

AC 밀란도 AS 파르마 등도 모두 아시아 자본에 점유된 상태였다.

그나마 세리에 A를 이끄는 유벤투스는 아직 이탈리아 자본이 점유한 상태.

레알 마드리드와 한판 대결은 그래서 이목을 끌었다.

양쪽 리그를 대표한다는 점에서, 그리고 지난 시즌의 부진을 만회한다는 것에서 일단 유벤투스가 레알 마드리드를 홈으로 불러들였다.

경기를 치르기 전날 체르니는 반디를 기자회견장에 데리고 갔다.

이탈리아 언론도 스페인 못지않게 극성이었다.

기자들은 자존심을 긁는 말을 많이 했다.

그래서 다른 선수들의 겸손보다 차라리 반디의 인터뷰가 낫다고 생각한 체르니.

회견장에 나온 상대 팀, 유벤투스의 감독은 카사니였다.

그는 반디와 구면이었다.

예전 UEFA 유스리그 결승전에서 반디에게 침몰당한 기억이 있었다.

당시 반디의 오른발을 견제했고, 성공하는 듯했지만, 마지막에 오른발 아웃프런트에 당했다.

구면인 선수는 하나 더 있었다.

수비형 미드필더 조르지오.

유벤투스 팬들에게 그는 영웅이었다.

핵심 미드필더인 폴크버를 지키지 못했던 유벤투스.

만약 조르지오가 없었다면 상상도 하기 힘든 일이 일어났을 것이다.

그래서 이번 경기도 단단히 그를 믿고 있었다.

카사니 감독도 마찬가지였다.

스물셋의 나이에 벌써 주장완장을 찬 것을 보면 그에 대한 신임을 엿볼 수 있었다.

"작년에 두 팀 다 조기에 챔피언스 리그에서 떨어졌습니다. 올 시즌을 대하는 태도가 남다를 텐데요. 누가 먼저 이야기해주시겠습니까?"

처음부터 자존심을 긁는 질문이 나왔다.

체르니와 카사니 모두 얼굴을 굳힐 수밖에 없는 상황.

먼저 카사니가 마이크를 잡았다.

"아시겠지만, 전 작년에 처음 지휘봉을 잡았습니다. 그리고 서서히 유스 출신들로 세대교체를 했죠. 올 시즌 리그에서 패전이 없는 것만 봐도 성공적인 세대교체를 이루었다고 자부합니다."

"그래도 항간에는 우물 안 개구리라는 말이 있습니다. 유벤투스도 레알 마드리드도 상대적으로 잉글랜드와 독일 리그와는 다르다고 전문가들이 평가하고 있습니다. 리그 수준이 떨어지니까, 쳐지는 팀들과 승점 쌓기를 한다는 말. 혹시 못 들어보셨나요?"

반디는 재차 질문하는 기자를 쳐다보았다.

꼭 루에카를 닮았다. 사실 안경을 쓰고 수염도 길러서 루에카의 외모와는 거리가 멀었지만, 질문이 얄미웠다는 뜻이다.

그래서 재빨리 마이크에 입을 대고 말했다.

"재밌네요. 유벤투스도 그렇지만, 레알 마드리드가 이런 평가를 듣는 것에 대해서…."

일순 기자들의 시선이 반디에게 머물렀다.

그 많은 눈에도 반디는 하고 싶은 말을 했다.

'위축' 이라는 말은 그와 거리가 멀었다.

"아시겠지만, 레알 마드리드는 B조에서 현재 선두를 달리고 있습니다. 유벤투스도 2연승으로 2위. 사실상 저희 조에서 1위 결정전을 하는 것이나 마찬가지인데, 왜 기자님은 다른 세계에서 온 사람처럼 말씀하시는 거죠?"

"……."

"아아, 죄송합니다. 제가 하는 말에 날이 좀 서 있었군요. 스페인에서 특정한 기자 한 분에게 좀 시달려서 말이죠. 하하하. 아무튼, 내일 경기… 제가 자부합니다. 잊지 못할 명승부가 될 것이라고. B조에서 제가 가장 경계하는 선수가 저기 앉아 있거든요."

반디의 시선이 옮겨졌다.

그리고 자신을 바라보는 눈과 마주쳤다.

조르지오. 유벤투스의 젊은 주장.

다시 만난 그를 보면서 반갑다는 인사였을 것이다.

상대를 존중하는 반디의 말을 들으면 그렇게 느껴졌다.

그래서 조르지오도 웃으며 이렇게 말했다.

“저 역시 B 조에서 제가 인정하는 유일한 선수와 대결하게 되어서 기쁩니다.”

유벤투스 스타디움의 약 4만 명의 관중들은 벌써 불타올랐다.

보통 이런 경우 상대 팀에 대한 적의로 끓어 오르는데, 오늘은 아니었다.

언론에 대한 적개심이 극에 달했다.

준비해온 영어 피켓도 그래서 그런 내용이 달려 있었다.

〈미리 보는 결승전〉

그나마 어제 반디가 유벤투스와 조르지오를 인정하는 발언을 했기에 이런 피켓을 준비한 것이다.

“미리 보는 결승전이라….”

“한쪽만 맞았네요.”

씨날두의 말에 조용히 웃으면서 대답한 반디.

그런 그에게 씨날두가 고개를 모로 세우며 물었다.

"뭐야? 어제는 둘 다 강팀이라는 듯이 말했잖아. 잊지 못할 명승부니 뭐니 하면서…."

"그래야, 제가 욕 안 먹죠. 하하하. 자, 경기 시작하죠. 스페인어 알아들을 사람이 저기 있으니까, 조용히 해주시고요."

목소리를 낮춘 반디가 바라보는 그곳.

레알 마드리드가 유망주 시절 팔아버린 카브레로가 있었다.

그리고…

"삐이이익!"

경기가 시작되었다.

카브레로는 레알 마드리드의 차세대 포워드 이야기를 들었던 스트라이커.

늘 그렇듯이 레알 마드리드는 유망주가 클 기회를 더 주지 않았다.

당시 좋은 제안을 한 유벤투스에 그를 팔았고, 지금은 유벤투스에서 없어서는 안 될 선수가 되었다.

190cm의 키에 스피드 또한 발군이다.

나이도 이제 스물일곱 살.

축구를 보는 눈이 완전히 무르익어서 세리아 A를 지배하고 있었다.

지난 시즌 득점왕이며, 올 시즌도 세리에 A에서 득점 순위 가장 높은 곳에 위치했다.

진한 그의 눈동자가 저 멀리에서 뛰고 있는 반디를 보았다.

애증의 클럽, 레알 마드리드.

자신이 떠나온 후에 방침이 바뀌었다.

그는 들었다. 반디가 그 방침을 바꾸게 한 첨병이었다는 것을.

그때 생겨난 미묘한 감정은 말로 설명할 수가 없었다.

승부욕이라고 포장할 수 있었지만, 좀 더 적나라하게 표현하자면, 그것은 질투심이었다.

당연히 오늘 반디보다 더 많은 골로 유벤투스의 승리를 이끌고 싶었다.

자신을 떠나보낸 구단이 후회하기를 바랐다.

시작한 지 5분. 벌써 기회가 왔다.

그는 멀리서 날아온 조르지오의 패스를 한 번에 받으며 앞으로 나아갔다.

"막아! 선 지키면서!"

그의 귀에 앞에 있는 수비수의 목소리가 들렸다.

안토니오라는 이름. 그 역시 레알 마드리드에 있을 때 들어보지 못했다.

지금은 레알 마드리드의 핵심 수비수라는 것을 알았다.

당연히 붕괴시키고 싶은 마음에 일대일을 걸어보았다.

역시 쉽지 않았다.

2m의 간격을 유지하면서 자신의 앞에 딱 버티고 있는 안토니오가 왜 떠오르는 수비수인지 알 것만 같았다.

공을 돌렸다. 이 또한 카브레로의 장점이다.

뚫기 힘들 거나 시간이 지체될 것 같으면, 바로 공을 돌렸다.

그러면서 수비수들과 라인을 맞추었다.

현존하는 공격수 중 가장 오프사이드 트랩을 잘 파괴한다는 카브레로.

그 장점을 최대한 발휘하기 위해서였다.

안토니오는 이미 그를 분석해왔다.

수비라인을 부수는 능력이 강력하다는 것은 이미 동영상을 통해서 잘 보아왔다.

이 때문에 안토니오가 계속해서 양손을 사용했다.

이유는 포백을 지휘하기 위해서.

수비 조직력이 구축된 상태지만 감독은 안토니오를 통해 더 심혈을 기울여서 이번 경기를 준비했다.

상대 감독인 카사니가 워낙 선수의 능력을 극대화하는 데 역량이 높다는 것을 잘 알았기에.

그런데 아무리 준비해도 습관은 무시할 수 없었다.

사실 조르지오의 한 박자 빠른 아웃프런트 패스가 나오자 알아챘다.

라인이 바로 붕괴할 것이라는 걸.

"저… 저런!"

아구스틴이 옆에서 놀라고…

바로 일대일 기회를 맞이한 카브레로.

그의 슛이 터지면서 유벤투스 스타디움의 관중들이 굉음을 질러댔다.

선취득점을 먼저 주고만 레알 마드리드.

"이야… 저 자식 감독님을 보고 있는데요?"

아구스틴이 옆에서 한 말을 고스란히 듣고 있었다.

그리고 자신을 보는 카브레로의 눈 또한 마주 보았다.

체르니는 예전 생각이 났다.

칸제마와 카브레로의 로테이션을 통해서 완전체 포워드진을 구축하려 했던 지난 시절.

하지만 카브레로를 좋은 가격에 처분했던 레알 마드리드의 처사에 그는 화가 났었다.

절대 팔지 않겠다고 언론을 통해 밝혔는데, 한순간에 체르니를 바보로 만들었다.

그래서 마음속으로는 카브레로가 잘 되기를 바랐다.

이탈리아에 올 때마다 그 마음을 전달했다.

헌데 얼마 전에 만난 카브레로는 그에게 말했다.

레알 마드리드가 자신을 버린 걸 후회하게 해주겠다며, 반드시 첫 골을 넣겠다고 선언했다.

그것을 기어코 해냈다. 자신이 보는 앞에서.

미소를 짓는 그의 얼굴.

체르니는 일단 시선을 거두고 반디를 보았다.

이제 장군을 받았으니, 멍군으로 응수할 차례였다.

선봉장이 바로 그였으니, 기대감을 잔뜩 올렸다.

물론 시작은 안토니오의 발에서부터다.

빌드 업의 완성은 반디였지만, 시작은 그였으니까.

더군다나 자신이 구축한 수비 라인이 조르지오와 카브레로에 의해 바로 붕괴하자 자존심이 상했다.

수비 라인을 끌고 올라간 이유가 바로 그 때문이었다.

중앙에서 치열한 싸움 끝에 세바스티안의 패스가 후방에 있는 안토니오에게 왔다.

그의 눈에 띈 선수가 바로 반디였다.

거의 똑같은 상황이었다. 반디도 카브레로처럼 수비 라인에 걸쳐 있었다.

눈으로는 안토니오에게 부르짖었다.

지금이라고. 바로 지금이라고.

그 타이밍을 놓칠 리가 없는 안토니오가 날카로운 롱 패스를 쏘아 올렸다.

'받아라! 똑같은 방식으로 복수 좀 해 줘!'

공을 향해 달려가는 반디를 보면서 그는 속으로 그렇게 외쳤다.

하지만 그의 바람은 이루어지지 않았다.

"삐이이이익!"

선심의 깃발이 올라가고 주심의 호루라기에서 오프사이드를 선언하는 소리가 나왔다.

"뭐라고? 저게 오프사이드라고? 말도 안 돼!"

아구스틴이 분통을 터트렸다.

선수들도 마찬가지였다.

이해할 수 없는 눈동자로 심판을 바라보았다.

동일 선상이었으며, 아까 카브렐로와 비슷한 라인 밟기를 했던 반디였다.

그런데 한 명은 인플레이, 다른 하나는 오프사이드라니!

"홈 어드밴티지. 어쩔 수 없는 거야. 좀 더 밑에서 들어가야 오프사이드를 벗겨 낼 수 있어."

아구스틴을 달래는 체르니의 침착한 어조.

그러나 사실 그 역시도 방금 장면에서는 발끈하고 싶었다.

그런데 상대 팀 벤치에서는 이와 다른 시각으로 바라보았다.

"챔피언스 리그에서 홈 어드밴티지가 없다고는 할 수 없죠. 하지만 방금 것은 선수의 인지도 때문입니다."

"그렇습니까?"

젊은 감독 카사니는 자신보다 더 나이 많은 수석 코치에게 공손히 설명했다.

"네. 카브레로는 '라인 브레이커'라는 별명을 가질 정도로 상대 오프사이드를 자주 허물어트려 왔습니다. 그가 시도하면 당연히 오프사이드가 아닐 거라는 심리가 심판진에게 있을 겁니다."

맞는 말이었다.

늘 선수를 따라다니는 수식어. 그것이 괜히 나오는 게 아니었다.

라인 브레이커라는 카브레로. 그가 하면 왠지 오프사이드가 아닐 것 같은 느낌.

그래서 카브레로는 가끔 별명에서 오는 장점을 얻는다.

오늘도 그랬다. 두 번째 득점도 같은 장면에서 연출되었다.

조르지오의 중앙 침투 패스.

공은 빠르게 중앙 수비수 사이를 뚫고 가는 카브레로의 발 앞에 떨어졌고…

안토니오의 손이 들어 올려졌다.

오프사이드를 강조하기 위해서다.

선심과 주심을 보면서 열심히 카브레로를 따라가는 그.

하지만 기대했던 호루라기는 그의 귀에 들리지 않았다.

대신…

"와아아아아!"

또 한 번 관중들의 우레와 같은 함성이 나왔다.

오프사이드를 절묘하게 부수는 패스와 돌파.

조르지오와 카브레로의 조합이 또 한 번 이루어졌다.

요즘 이들 조합이 완벽하다는 평가가 언론에 자주 언급되었다.

이른바 '조카' 라인 브레이커.

카브레로의 별명이 조르지오와 합쳐지면서 유벤투스의 득점과 승리공식을 만들어 냈다.

이번에도 마찬가지였고, 이 두 번째 득점은 레알 마드리드에 충격을 주었다.

"힘내요, 제가 이번에는 꼭 득점할게요. 하하하."

반디는 실점한 베른하르트의 어깨를 두드렸다.

그런데 정작 안토니오에게 신경이 갔다.

무슨 말을 하기가 힘들 정도로 그는 흥분해 있는 것 같았다.

"이건 오프사이드야! 오프사이드라고! 주심, 주심! 뭐 하는 거야?"

관중들의 함성이 너무 커서일까?

주심은 그의 목소리를 듣지 못했다.

사실 그가 안토니오를 보지 않은 게 더 나았을 수도 있다.

말은 통하지 않았지만, 분명히 안토니오의 표정은 오프사이드에 대한 항의를 나타낸 것이니.

저 정도로 흥분하다가는 분명히 카드를 받게 될 것이라는 생각.

그를 마리오가 제지할 수밖에 없었다.

"참아요, 네? 참아야 할 것 같아요."

"아니! 내가 참지 못하겠어."

"윽, 씨날두까지 왜 이래요?"

이번에는 씨날두가 나섰다.

마리오가 말릴 대상이 하나 더 생겼다.

반디도 씨날두를 보면서 이해되지 않는다는 얼굴을 했다.

레알 마드리드의 공격라인에서 오프사이드 라인을 구분하기는 매우 힘들었다.

지금 심판도 동일 선상에 없었기 때문에 선심에 의존한 것인데, 씨날두가 판정할 리가 없었다.

"말리지 마! 비록 내가 보지 못했지만, 난 알거든. 안토니오가 괜히 저러지는 않는다는 것을."

씨날두는 진짜 심판에게 달려갔다.

어차피 주장 완장을 찬 그였다.

당연히 항의할 자격도 있었고, 항의할만한 상황도 되었다.

하지만 심판은 고개를 흔들었다.

멀리서 보더라도 그의 항의는 절대 받아들여지지 않는 것 같았다.

그러자 씨날두의 흥분하는 모습이 반디의 눈에 그대로 담겼다.

심판의 손이 주머니로 가는 광경도.

그리고…

척!

결국, 씨날두는 노란 카드 한 장을 받게 되었다.

"우우우우우!"

관중들의 야유하는 소리가 들렸다.

물론 심판을 향한 것이 아니다.

계속 항의하는 씨날두를 향해서였다.

"왜 저러는 거지? 씨날두 답지 않잖아?"

페드로가 고개를 내저으면서 반디에게 말했다.

하지만 반디는 이내 씨익 웃으면서…

"난 이해할 수 있어. 매우 잘했네. 하하하."

"뭔 소리래?"

"저 정도 항의를 해야 두 가지를 막을 수 있거든."

아직도 모르겠다는 얼굴을 하는 페드로.

하지만 반디는 더 이상의 설명을 하고 싶지 않았다.

그 두 가지 효과를 몸으로 증명하려고 했다.

어차피 하나는 바로 나타났다.

반디가 살짝 보는 곳, 그 시선을 따라간 페드로가 한 가지 답을 얻었다.

안토니오의 표정이 매우 차분해졌다.

이제야 페드로는 알았다.

안토니오 대신 씨날두가 경고를 받았다는 것을.

만약 안토니오가 경고를 받았다면, 아직 많은 시간이 남았기 때문에 플레이가 위축되었을 것이다.

심지어 아까 흥분하는 모습으로 보아 더 짙은 색 카드를 받을 수도 있었다.

씨날두의 경험이 보여준 것이다.

– 핵심 수비수의 흥분이 경기에 도움이 되지 않는다. 그러니까 내가 대신 받겠다.

벤치에서도 체르니가 안토니오에게 이것을 설명했다.

"그런데 또 하나가 있다니요? 그게 무슨 효과입니까? 오프사이드 하나를 봐주기라도 할까요?"

"뭐, 그럴 수도 있겠지. 하지만 궁극적으로 이제 심판은 한 번 망설이게 될 거야. 이쪽에서 하는 플레이에 호루라기를 불지 말지. 그리고 그것은 큰 변수를 만들어낼 수도 있어."

과연 그럴까?

아구스틴의 눈은 그것을 묻는 것처럼 체르니를 바라보았다.

하지만 곧 감독의 시선을 따라서 필드로 눈을 돌릴 수밖에 없었다.

레알 마드리드의 공격이 시작된 것이다.

출발점은 역시 안토니오.

그는 눈에 불꽃을 피웠다.

공을 가지고 전진하는 모습에서 투지가 느껴졌다.

만약 옐로카드를 한 장 안고 있었다면, 분명히 위축된 플레이가 나왔을 텐데…

지금은 수비진을 이끌고 전진했다.

카브레로의 역습이나 조르지오의 침투패스 따위는 다시 맞게 되더라도 두렵지 않다는 모습.

그리고 그의 앞에서 파란 눈을 번뜩이며 소리 지르는 사나이가 있었다.

세바스티안이었다. 카스티야 시절부터 호흡을 맞추었던 수비형 미드필더.

공이 그에게 갔고, 원터치이면서 매우 빠른 패스가 다시 금발의 나단에게 이어졌다.

아무리 빨라도 대부분 공을 잘 받아낼 수 있는 능력.

그것을 트래핑이라 부른다.

그런데 최근에는 그 용어보다는 퍼스트 터치라는 말을 많이 썼다.

분명히 두 용어 사이에는 차이점이 있지만, 퍼스트 터치가 트래핑을 포함하는 것은 분명했다.

나단의 퍼스트 터치는 안정감이 있었다.

몸 어느 곳에 패스해도 다 받아낼 것 같은 그였기에, 안심하고 빠르게 공을 붙인 것이다.

나단은 한 번 공을 원하는 방향으로 떨어트린 후에 진격했다.

그에게 붙는 미드필더 한 명이 보였다.

조르지오였다.

라이벌 의식이 가슴속에서 올라왔지만, 승부를 피했다.

대신 공의 방향이 페드로에게 갔다.

레알 마드리드에서 가장 빠른 사나이가 공을 운반했다.

그의 눈에 반디가 페널티 에어리어로 들어가는 것이 보였다.

수비 두 명이 보였지만, 그의 점프를 믿고 찬 크로스.

날카롭게 골키퍼와 반디 사이에서 꺾여 들어갔다.

수비수 두 명과 반디가 점프했고…

텅! 하며 공은 누군가에게 맞고 골문 안으로 들어가 버렸다.

반디가 두 손을 들었다.

물론 득점하고 감격에 겨워 세레머니를 하기 위해서였다.

그때 수비수 한 명도 손을 들었다.

"손에 맞았어! 손에 맞았단 말입니다!"

하지만 심판은 고개를 좌우로 저었다.

못 봤다는 표시였다.

아니 반디의 퍼스트 터치 능력을, 골문 앞에서 하는 유효슈팅능력을 확신하는 표정이 심판의 얼굴에 드러났다.

그리고 지고 있는데도 불구하고 체르니의 웃음이 터졌다.

"바로 저거야! 바로 저게 우리가 거두는 효과라고! 하하하."

[아아… 저희가 봐도 저것은 핸드볼 반칙이네요. 심판이 왜 못 봤을까요?]

[글쎄요, 아마 수비수 두 명과 같이 뛰는 사이에 공이 이상한 지점으로 온 것 같아요. 자신도 모르게 손을 댄 것 같은데, 사각 지점이라 선심과 주심 모두 다 볼 수 없었을 겁니다.]

캐스터의 말에 주영환이 대답했다.

그는 스포츠 TV 해설로도 활약하고 있었다.

항간에는 그를 해설로 불러들이기 위해서 엄청난 금액을 제시했다는 이야기가 흘러나왔다.

[그렇군요. 아무튼, 득점으로 인정된 것입니다. 사실 오늘 경기는 주심의 판정이 아쉽네요. 오프사이드인 것은 불지 않고, 반대인 것은 오프사이드로 불고. 그렇지 않습니까?]

[그렇습니다. 누구 편을 드는 게 아니라, 아까 에스테반 선수가 침투했을 때에는 오프사이드가 아니었어요. 선심이 깃발을 들지 않아도 괜찮았을 텐데, 아쉽네요. 그게 통과되었다면, 현재 스코어가 꽤 달라졌을 겁니다.]

편을 들지 않는다고 했지만, 사실 편파 해설이었다.

핸드볼 반칙은 더 이야기하지 않고, 심판의 잘못을 부각시키고 있었으니까.

하지만 영환은 반디가 매우 맘에 들었다.

한국에서 볼 수 없는 유형의 선수.

그랬기에 축구 협회의 지시가 나왔을 때, 도전해볼 만한 가치가 있다고 생각한 것이다.

물론 반디에게 단호한 대답을 들었다.

그렇다고 포기할 수는 없었다.

어차피 한 번에 긍정적인 답변을 들으리라 여기지는 않

았으니까.

[자, 이제 다시 경기가 시작되었습니다. 시간이 많이 남아 있습니다. 2-1. 경기가 어떻게 될지는 아무도 모릅니다.]

[그렇습니다. 씨날두 역시 오늘 폼이 살아 있고, 에스테반과 페드로 선수의 호흡도 잘 맞고 있습니다. 미리 보는 결승전이라는 저 피켓이 잘못된 말이 아닌 것 같습니다. 하하하.]

카메라가 2-1의 점수가 되자, 가끔 비치는 관중들의 플래카드.

미리 보는 결승전이라는 말이 어울리는 양 팀의 공방전에 영환이 웃으며 경기 내용을 칭찬했다.

사실 벤치도 마찬가지였다.

실점 장면도 있었지만, 선수들을 탓하고 싶지 않았다.

오늘 경기는 서로 최선을 다하고 있었다.

거기에다가 스토리가 있었다.

레알 마드리드에서 건너간 카브렐라.

과거 반디에게 당한 카사니 감독과 조르지오.

체르니 감독 또한 이탈리아 사람이었다.

유벤투스의 오랜 라이벌 AC 밀란을 지도한 사람이었기에, 팬들이 체감하는 경기의 묘미가 더욱 살아나고 있었다.

다시 한 번 카브렐로가 침투했을 때에는 심판이 휘슬을 불었고, 반디의 슛이 골대에 맞았을 때에는 모두가 탄성을 내질렀다.

시간 가는 줄 모르고 경기에 몰입하다보니 어느새 끝난 전반전.

라커룸에서는 여러 이야기가 오갔다.

하지만 특별한 변수는 없었다.

선수들이 잘한다고 판단하는 상황에서 아직은 승부수를 걸 때가 아니라고 생각한 양 팀 코칭스태프였다.

그리고 후반전.

양쪽에서 전열을 정비하고 나왔다.

눈빛에 쓰여 있었다.

한쪽은 반드시 지켜서 승리로 가져가겠다는 각오가, 다른 한쪽은 동점 또는 역전까지 이루면서 절대 패배하지 않겠다는 다짐이 불타 올랐다.

어느 쪽 의지가 강한지에 따라 오늘 경기의 향방이 정해질 것이다.

시작은 레알 마드리드.

씨날두가 예전처럼 공을 잡고 드리블하기 시작했다.

자신의 모든 힘을 다 쏟아붓기 위해서 질주하는 것처럼.

그는 이번 드리블에 모든 것을 걸었다.

한 명을 제치고 두 명과 맞닥트렸을 때, 그의 눈에 또 다른 질주 자가 보였다.

페드로였다. 오른쪽을 비워두고 이쪽으로 왔다.

그에게 공을 넘기고 대각선으로 달리는 씨날두.

"자리를 지켜! 사람을 보지 말고!"

이들을 보면서 크게 외치는 조르지오.

아직 어린 나이지만, 전체를 보는 시야가 꽤 넓었다.

그런데 그의 말을 들었는지, 반대의 외침을 하는 사람도 있었다.

"자리를 계속 바꿔요! 혼란시킬 수 있어요!"

반디였다. 이탈리아 말을 모르는 그가 조르지오의 외침을 알아들었을 리가 없었다.

보는 시각이 달랐다.

계속해서 바꿔줘야 상대를 혼란시킬 수 있다고 생각하는 그였기에.

반디 자신도 동참했다.

씨날두를 중앙으로 올리고 원래 페드로가 있던 자리, 즉, 오른쪽 윙 포워드로 이동했다.

속도감이 붙은 사람과 그보다 더 빠른 공의 이동으로 순간적인 공백이 자주 생겼다.

아무리 조르지오가 시야가 넓다지만, 이런 상황에서 전체 선수를 통제할 수는 없었다.

젊은 감독 카사니도 마찬가지.

옆줄에서 끊임없이 부르짖고 있었는데, 그 외침이 순간적으로 공허한 것으로 변했다.

레알 마드리드의 수비진과 중앙 미드필더, 그리고 공격진까지 전부 유벤투스 진영에 올라와 있었다.

심지어 골키퍼 베른하르트도 약간 전진했다.

갑자기 밀리는 상황이 연출되었다.

패스의 정확도가 꽤 높아지면서 페널티 에어리어까지 천천히 압박해 들어오는 레알 마드리드.

카사니는 눈을 떼지 못했다.

어딘가 공백이 생기면 계속해서 외쳐야만 했기에.

반면 체르니는 차분하게 진행상황을 지켜보았다.

감독이란 선수들이 무언가를 하도록 이끌어 주어야 한다는 것이 그의 철학이다.

올 시즌 만개하고 있었다.

특별한 주문을 하지 않아도 선수들은 조직력 플러스 개인기로 상대를 압박하는 방법을 잘 알았으니.

“여기야! 여기!”

갑자기 체르니의 귀에 반디의 목소리가 들렸다.

중앙까지 내려온 반디.

밀집 수비를 뚫지 못하자 손을 들어 자신의 위치를 말했다.

나단이 패스를 돌렸고, 반디는 공을 가지고 올라갔다.

그를 막으러 조르지오가 왔을 때, 공은 마리오에게 이동했다.

틱, 탁. 틱, 탁.

패스에 패스를 거듭하며 중앙에서 순식간에 페널티 에어리어까지 반디가 가교가 되며 전진했다.

그리고…

쾅!

수비수를 앞두고 때리는 중거리 슛은 최근 물이 오른 반디의 과감성을 보여주었다.

이제 반디는 망설이지 않았다.

유효 슛만 고집하는 것은 예전의 습관이었다.

기회가 났을 때 하는 슈팅은 또 다른 기회를 만든다는 것을 깨달았다.

골키퍼가 아무리 선방했어도 그렇다.

쳐낸 공은 씨날두의 발 앞에 떨어졌고, 그는 가볍게 밀어 넣으면서 오늘의 동점을 알렸다.

"요즘 아주 좋아! 하하하. 내 말이 맞지? 기회가 생길 때 슛해야 좋은 결과가 있다는 것."

"그래도 전 슈팅을 난사하고 싶지는 않아요. 킥킥킥."

쓴웃음을 짓는 씨날두.

더 말하지 않은 것은 반디가 알아서 잘해낼 것이라는 믿음 때문이었다.

이미 경기는 명승부였다.

실점한 후 벤치의 움직임이 있었고, 유벤투스는 좀 더 빠른 포워드 하나를 붙였다.

또한, 수비수를 빼고 풀백 자원을 넣으면서 4-4-2시스템으로 전술 변화를 꾀했다.

이때 조르지오가 좀 더 위로 올라가면서 다이아몬드를 만드는 미드필더 진용.

좀 더 공격적인 움직임이다.

체르니 또한 적절한 처방으로 상대의 빈격을 막았다.

치열한 접전.

점수가 더 나지는 않았지만, 오늘 경기 내용만으로 양 팀 전력이 절대 약하지 않다고 말하는 것이나 다름없었다.

경기 후 인터뷰에서도 감독들은 상대 선수를 칭찬하기 바빴다.

"씨날두 선수의 적절한 대응과 안토니오 선수가 끝까지 투지를 불태운 점 높이 평가합니다. 더군다나 에스테반 선수는 어린 나이인데도 불구하고, 가장 위협적인 스트라이커로 자랐습니다. 사실 레알 마드리드가 부러운 게 아니라, 스페인이 부럽네요. 저런 선수가 국가 대표로 들어가지 못하다니…."

말을 다 잇지 못하는 카사니.

그래도 다시 눈을 빛내면서 레알 마드리드의 홈에서 싸

울 때에는 더 철저히 준비하겠다는 다짐을 내놓았다.

체르니 역시 바로 이어진 인터뷰에서 상대 선수를 칭찬했다.

"주장인 조르지오는 이탈리아의 미래입니다. 더 성장할 여지가 남아 있으니, 기대가 큽니다. 또한, 역시 카브레로 선수였습니다. 두 골을 넣다니요. 국가 대표 주전 자리가 왜 요즘 불타오르는지 알 것 같습니다."

"카브레로는 국가대표 주전 공격수가 아닙니다."

"알고 있습니다. 그래서 디에구스타 선수가 꽤 불안해하지 않을까 생각되네요. 그는 이미 정점에 있지만, 젊은 선수들은 정점을 향해서 성장해 나가니까요. 레알 마드리드의 감독을 맡고 있지만, 최근 스페인의 포워드 진이 매우 막강해져서 부럽습니다. 이탈리아에 반드시 있어야 할 선수들이기에, 에스테반을 쓰지 않는다면 수입해오고 싶은 심정이네요. 하하하."

최근 몇 년 사이 스페인의 포워드는 팀 내에서 가장 취약한 포지션 중 하나였다.

디에구스타조차 브라질에서 귀화시킨 선수.

그런데 이제는 카브레로가 강력한 대항마가 되고 있었다.

여기에 언론은 체르니와 카사니의 인터뷰를 인용했다.

그들은 반디 역시 국가 대표가 될 자격이 있다고 말하면서 논란을 재점화시켰다.

시즌 초지만 반디가 각종 지표에서 최고의 활약을 하는 것만 봐도 자격이 충분하다는 기사.

최소한 월드컵 예선을 통해서 시험해봐야 한다는 여론도 들끓었다.

스페인 국가 대표 감독, 프란시스만 생각이 달랐다.

그는 인터뷰에서 현재 포워드진에 만족한다는 이야기만 반복했다.

반디의 실력은 인정하지만, 아직은 디에구스타와 카브레로의 2인 체제로 충분하다는 말은 설득력이 있었다.

사실 첼시에서 성공시대를 연 디에구스타는 지난 시즌 프리미어리그 득점왕이었다.

카브레로 역시 세리에 A를 평정하며, 올 시즌에도 계속 득점을 터트렸다.

반디가 잘해주고는 있었지만, 아직 더 지켜봐야 한다는 공감대 또한 무시할 수 없었다.

다행히 반디는 전혀 흔들리지 않았다.

동료 선수들이 무색하게도 의연한 모습을 계속 보여주었다.

심지어 이런 말까지 했다.

"결국은 제가 이기는 게임이에요. 그 사람들은 늙어가고, 저는 한창이니까요. 여기 씨날두 보세요. 드디어 국가대표를 졸업했잖아요. 어린 선수들한테 밀려서."

"야, 무슨 소리야. 내가 나와줘야 걔들이 성장하니까, 은퇴한 건데! 그리고 이제 클럽에 집중하고 싶다고. 물론 월드컵 우승 못 한 게 아쉽긴 하지만, 나 혼자 할 수 있나…."

마지막에는 아쉬움이 짙게 묻어났다.

선수로서 거의 모든 것을 경험해 본 씨날두에게 있어서 한 가지 못해 본 것이 월드컵 우승이었기에.

"제가 대신해드릴게요. 걱정하지 마세요. 하하하."

역시나 한 마디도 지려고 하지 않는 반디.

승부욕이 여기에서도 돋보였다.

레알 마드리드는 챔피언스 리그 네 번째 경기를 승리로 거두면서 16강을 조기 확정 지었다.

반디의 페널티 킥 성공으로 도르트문트를 1:0으로 이겼다.

제니트 상트 페테르부르크가 유벤투스와 비기면서 1위까지 거의 굳히는 것 같았다.

그런데 유벤투스와 리턴 매치를 치렀을 때, 반디는 벤치에 앉았다.

여차하면 바꾸겠지만, 그의 체력을 보호한다는 이름 아래 체르니는 선발로 더그를 출전시켰다.

결과는 1-1. 두 번째 경기에서도 승부를 가리지 못하면서 두 팀은 16강에 진출했다.

이 두 팀이 다시 만날 수도 있고, 그렇지 않을 수도 있었다.

하지만 단 한 가지 이들이 보여준 수준 높은 경기력은 프리메라리가와 세리에 A가 부활의 조짐을 보여준다는 것만으로 사람들의 이목을 끌었다.

2020년 12월 18일 16강 추첨일.

반디의 집에서 그의 친구들은 오랜만에 모여서 TV를 시청했다.

이 자리에는 반디의 부모님도 있었고, 아만다도 같이 있었다.

"이야… 진짜 이번 챔피언스 리그는 쟁쟁한 팀들이 다 16강에 올랐어."

"안타깝게도 스페인은 두 팀만 올랐고."

페드로의 이야기에 반디가 아쉬운 표정을 지으며 받았다.

다른 친구들도 저마다 한마디씩 했다.

"요즘 바르셀로나는 이상한 이야기를 해. 스페인 한 팀, 카탈루냐 팀 하나. 이렇게 올랐다고."

"진짜 독립하는 거 아냐?"

최근 다시 불거진 카탈루냐 지역의 독립 문제.

그래서 이들의 대화는 바르셀로나를 다루고 있었다.

오늘의 추첨도 이들의 관심이지만, 내일 있을 독립 투표 또한 신경이 쓰였다.

무엇보다도…

"이러다가 스페인 대표팀이 둘로 나뉘게 생겼군."

훌리안의 걱정이 현실화될지 모른다는 생각.

축구선수들인 이들이 가장 먼저 머릿속에 그리는 그림이었다.

〈7권에서 계속〉